KB113828

자연
낱말
수집

**일러두기**

- 식물, 동물, 자연 환경과 관련 있는 우리말 가운데 661개 낱말을 골라 소개했습니다.
- 이 가운데 몇몇은 한자말이 조금 섞인 낱말도 있습니다.
- 낱말 표기와 뜻풀이는 표준국어대사전을 기준으로 삼았으며, 일부 비규범 표기도 실었습니다.

# 자연 낱말 수집

| | |
|---|---|
| 펴낸날 | 2022년 4월 21일 |
| 지은이 | 노인향 |
| 펴낸이 | 조영권 |
| 꾸민이 | ALL contents group |
| 그린이 | 송이련 |
| 펴낸곳 | 자연과생태 |
| 주소 | 서울 마포구 신수로 25-32, 101(구수동) |
| 전화 | 02) 701-7345~6   팩스 02) 701-7347 |
| 홈페이지 | www.econature.co.kr |
| 등록 | 제2007-000217호 |
| ISBN | 979-11-6450-049-9   03810 |

노인향 ⓒ 2022

# 자연
# 낱말
# 수집

노인향 지음

자연과생태

## 차례

010      머리말

## 식물에서 줍다

016      가시랭이      까끄라기 | 까락 | 벼까라기 | 까라기벼
     몽근벼 | 거치렁이 | 거스러미

018      가톨      세톨박이 | 가운데톨 | 두톨박이 | 외톨밤
     회오리밤 | 덕석밤 | 쭉정밤 | 보늬 | 도톨밤
     속밤 | 깍정이 | 쭈그렁밤

020      감또개      감똑

024      갬상추      남새 | 푸새 | 푸성귀 | 쥐악상추 | 부룻동

026      거지주머니      쭈그렁박 | 쭈그렁사과 | 쭈그렁이

027      굴퉁이      청둥호박

028      꽃맷이      꽃비 | 꽃보라 | 꽃다지 | 꽃자리

029      꽃파랑이      잎파랑이 | 잎노랑이

030      꿀주머니      꿀샘주머니 | 꽃가루받이 | 꿀샘

031      노굿      콩노굿 | 팥노굿 | 동부노굿 | 짜개 | 꼬투리
     콩짜개 | 콩꼬투리 | 팥꼬투리

032      눈      꽃눈 | 잎눈 | 섞인눈 | 끝눈 | 곁눈
     겨울눈 | 움

034      늦깎이      올깎이

036      대우      자구넘이 | 콩대우 | 팥대우 | 조대우 | 긍이

038      덩굴      넝쿨 | 넌출 | 덤불 | 검불

040      도롱고리      외꼬지 | 사삼버무레 | 왜여모기 | 검은데기
     새코찌리 | 그루갈이 | 그루조 | 차조 | 메조 | 좁쌀

| 042 | 도사리 | 똘기 |
| 044 | 돌옷 | 바위옷 \| 돌이끼 |
| 046 | 둥구나무 | 아름드리나무 \| 툿나무 \| 동구나무 \| 그늘나무<br>정자나무 \| 당산나무 |
| 048 | 둥주리감 | 납작감 \| 대접감 \| 골감 \| 뾰주리감 \| 고추감 \| 물감<br>알감 \| 먹감 \| 풋감 \| 찰감 \| 까치밥 |
| 050 | 땅자리 | |
| 052 | 떨커 | 갈잎나무 |
| 054 | 머드러기 | 알새 \| 초리 |
| 055 | 묵이배 | 돌배 |
| 056 | 배꼽 | 꽃받침 \| 배꼽쟁이외 |
| 058 | 보굿 | 솔보굿 \| 솔포기 \| 몽당솔 \| 보득솔 \| 잔솔 \| 애솔<br>외솔 \| 도래솔 \| 관솔 \| 솔가리 \| 고주박 \| 솔버덩<br>솔바람 |
| 060 | 보드기 | 삭정이 \| 벌레퉁이 \| 벌치 \| 외꼬부랑이 |
| 062 | 봄동 | 얼갈이 \| 장다리 \| 동이 \| 공다리 \| 공바기 |
| 063 | 새품 | 억새 \| 갈대 \| 갈꽃 \| 갈풀 |
| 064 | 섶 | 잎나무 \| 풋나무 \| 물거리 \| 땔나무 \| 불나무<br>새나무 \| 풋장 \| 우죽 \| 우듬지 |
| 066 | 송아리 | 숭어리 \| 송이 \| 떨기 \| 그루 \| 포기 \| 통 \| 톨<br>접 \| 거리 \| 강다리 \| 개비 |
| 068 | 씨오쟁이 | 씨굿 \| 끙게 \| 호미글게 \| 명갈이 \| 움씨 \| 이른씨<br>씨도리 \| 다말 |
| 070 | 아귀쟁이 | 가장귀 \| 뿌장귀 \| 가장이 \| 애가지 \| 졸가리<br>줄거리 \| 사득다리 \| 휘추리 \| 위초리 |
| 072 | 올벼 | 올복숭아 \| 올배 \| 올사과 \| 올밤 \| 올고구마<br>올호박 \| 햇벼 \| 늦벼 |
| 074 | 옹두리 | 옹두라지 \| 옹이 |
| 075 | 옹어리 | 씨방 \| 꽃턱 |

# 동물에서 줍다

| 078 | 가탈걸음 | |
| 080 | 개호주 | 산군 \| 범 \| 칡범 \| 갈범 \| 산가시 |
| 082 | 겹눈 | 낱눈 \| 홑눈 |
| 084 | 고추쟁아 | 쨍아 |
| 086 | 고치 | 솜고치 \| 풀솜 \| 쌀고치 \| 고치가림 \| 봄고치 |
| | | 가을고치 \| 무리고치 \| 물든고치 \| 치레기고치 |
| | | 어스렁이고치 |
| 090 | 굼벵이 | |
| 092 | 깃 | 솜깃 \| 부등깃 \| 도가머리 \| 댕기깃 \| 귀깃 |
| | | 칼깃 \| 바람칼 \| 치렛깃 |
| 094 | 꺼병이 | 꼐병이 \| 주리끼 \| 까투리 \| 장끼 |
| 096 | 능소니 | |
| 098 | 단물고기 | 짠물 \| 짠물고기 |
| 100 | 땅강아지 | 딜도래 \| 도로래 \| 도루래 \| 토로래 \| 도로랑이 |
| | | 물개아지 \| 무송아지 \| 논두름망아지 \| 버버지 |
| | | 개밥통 \| 가밥도둑 \| 하늘밥도둑 |
| 102 | 매찌 | 찌 \| 시치미 \| 꽁지깃 \| 수할치 \| 초고리 |
| 104 | 멀떠구니 | 모이주머니 \| 모래주머니 \| 닭똥집 |
| 106 | 모이 | 노가리 \| 고도리 \| 껄떼기 \| 풀치 \| 노래기 \| 간자미 |
| | | 뱅아리 \| 마래미 \| 떡마래미 \| 모쟁이 \| 살모치 |
| | | 모롱이 \| 저뀌 \| 대갈장군 \| 가사리 \| 팽팽이 \| 발강이 |
| 108 | 몬다위 | |
| 110 | 무너리 | |
| 112 | 밤눈 | |
| 114 | 배어루러기 | 얼룩얼룩 \| 얼룩덜룩 \| 얼루기 \| 부영이 |
| 116 | 부레 | |
| 118 | 상괭이 | |
| 120 | 서덜 | |

| 122 | 센개 | 센둥이 \| 검둥개 \| 누렁개 \| 검둥이 \| 누렁이 \| 흰둥이 |
| 124 | 슬치 | 알치 \| 정치 \| 홀태 \| 붓자리 \| 날사리 \| 묵사리 |
|  |  | 비웃알 \| 고지 \| 쉬 \| 서캐 |
| 126 | 아웅개비 | 살찌니 \| 나비 |
| 128 | 여름잠 | 겨울잠 |
| 130 | 열쭝이 |  |
| 134 | 익더귀 | 난추니 \| 재지니 \| 산지니 |
| 136 | 작박구리 | 새앙뿔 \| 고추뿔 \| 우걱뿔 \| 송낙뿔 \| 자빡뿔 \| 해뿔 |
| 138 | 잘 | 갖옷 |
| 140 | 찌러기 | 부사리 \| 길치 \| 귀다래기 \| 부루기 \| 부룩송아지 |
|  |  | 엇부루기 \| 동부레기 \| 어스러기 \| 어스럭송아지 |
|  |  | 목매기 \| 송치 |
| 142 | 친벌레 |  |
| 144 | 칭퉁이 |  |
| 146 | 팥망아지 | 콩망아지 \| 암탈개비 \| 가위좀 \| 풀쐐기 \| 학배기 |
|  |  | 노랭이 \| 개미귀신 \| 고자리 \| 며루 \| 초눈 |
| 148 | 하릅 | 이습 \| 두습 \| 사릅 \| 세습 \| 사릅잡이 \| 나릅 \| 다습 |
|  |  | 여습 \| 이롭 \| 여듭 \| 구릅 \| 아습 \| 열릅 \| 담불 |
|  |  | 하릅강아지 \| 하릅송아지 \| 하릅망아지 |
|  |  | 하릅비둘기 |
| 150 | 하늘가재 | 쇠뿔하늘가재 \| 홍다리하늘가재 \| 왕하늘가재 \| 큰턱 |

## 자연에서 줍다

| 154 | 가랑눈 | 가랑비 \| 가루눈 \| 싸라기눈 \| 싸라기 |
|  |  | 누리 \| 진눈깨비 \| 함박눈 \| 상고대 \| 숫눈 |
| 156 | 개부심 | 명개 |
| 158 | 구름 | 조각구름 \| 뭉게구름 \| 쌘비구름 \| 새털구름 |
|  |  | 비늘구름 \| 무리구름 \| 위턱구름 \| 양떼구름 |
|  |  | 햇무리구름 \| 밑턱구름 \| 두루마리구름 \| 안개구름 |

162　　꽃달임

164　　나락밭　　나락 | 고래실 | 고래실논 | 구레논 | 고논 | 깊드리
　　　　　　　　　진논 | 무논 | 골채 | 갈이흙 | 시루논 | 엇논
　　　　　　　　　개흙 | 수렁논 | 갯논 | 오려논 | 하늘바라기
　　　　　　　　　미나리꽝 | 애벌논 | 두벌논 | 세벌논 | 벌논
　　　　　　　　　샘논 | 어레미논 | 구렁논 | 구렁배미 | 텃논

166　　논배미　　배미

168　　논틀밭틀　　꽃바람 | 건들마 | 색바람

172　　눈석임

174　　는개　　　안개비 | 이슬비 | 색시비 | 보슬비 | 부슬비
　　　　　　　　　가랑비 | 실비 | 날비 | 잔비 | 가루비 | 싸락비
　　　　　　　　　발비 | 작달비 | 자드락비 | 장대비 | 주룩비
　　　　　　　　　채찍비 | 달구비 | 억수 | 궂은비 | 도둑비
　　　　　　　　　웃비 | 못비 | 목비 | 고치장마

176　　달기둥　　보름달 | 반달 | 눈썹달 | 늦달 | 갈고리달
　　　　　　　　　봄달 | 달안개

178　　달돋이　　해돋이 | 해넘이 | 달넘이

180　　달마중　　달맞이 | 온달 | 달집

184　　뙈기밭　　뙈기 | 밭뙈기 | 구름밭 | 터앞

186　　매지구름　　먹장구름 | 꽃구름 | 열구름 | 구름바다 | 구름발

188　　먼지잼　　비거스렁이 | 비설거지 | 물마 | 시위 | 보지락 | 보습

190　　멧갓　　　말림 | 말림갓 | 발매 | 도끼별 | 등거리꾼

192　　모롱이　　회돌이목 | 회목 | 지레목

194　　모오리돌　　몽돌 | 뭉우리돌 | 물돌 | 갯돌

196　　무지울　　샛별 | 개밥바라기 | 어둠별 | 붙박이별 | 떠돌이별
　　　　　　　　　까막별 | 꼬리별 | 꽁지별 | 살별 | 길쓸별 | 달별

198　　물곬　　　도랑 | 개울 | 개천 | 시내 | 내 | 물돌 | 물도랑 | 실개울
　　　　　　　　　실도랑 | 도랑창 | 시궁 | 자갈수멍 | 뒷도랑
　　　　　　　　　옹자물 | 앞개울 | 돌개울 | 지방 | 개여울 | 여울목
　　　　　　　　　여울 | 여울머리 | 여울꼬리 | 실개천 | 개어귀

| 202 | 바람눈 | 샛바람 \| 가수알바람 \| 마파람 \| 앞바람 \| 덴바람 |
| | | 샛마파람 \| 된마파람 \| 시마 \| 된새바람 \| 두샛바람 |
| | | 하늬바람 \| 갈마파람 \| 늦하늬바람 \| 마칼바람 |
| | | 높하늬바람 \| 된하늬 \| 뒤울이 |
| 204 | 바람살 | 고요 \| 실바람 \| 남실바람 \| 산들바람 \| 건들바람 |
| | | 흔들바람 \| 된바람 \| 센바람 \| 큰바람 \| 큰센바람 |
| | | 노대바람 \| 왕바람 \| 싹쓸바람 |
| 208 | 배래 | 물마루 |
| 210 | 볕뉘 | 날빛 \| 햇귀 \| 동살 \| 햇덧 |
| 212 | 살피꽃밭 | 살피 |
| 214 | 소소리바람 | 살바람 \| 꽃샘바람 \| 명지바람 \| 높새바람 \| 재넘이 |
| | | 솔바람 \| 찬바람머리 \| 도지 \| 강쇠바람 \| 서릿바람 |
| | | 댑바람 \| 바람꽃 \| 고추바람 |
| 216 | 숲정이 | 울숲 \| 홑숲 |
| 218 | 여우볕 | 여우비 |
| 220 | 움파리 | 옹당이 \| 용탕 \| 너겁 |
| 222 | 윤슬 | 물비늘 |
| 224 | 잎샘 | 꽃샘 \| 꽃샘잎샘 \| 꽃샘추위 \| 잎샘추위 |
| 226 | 자드락 | 자드락밭 \| 자드락길 \| 비탈 \| 된비알 \| 된비탈 |
| | | 가풀막 \| 돌너덜 \| 너덜 \| 너덜겅 \| 너덜밭 |
| | | 산비탈 \| 멧기슭 \| 산기슭 \| 코쇠 \| 판쇠 |
| 227 | 작버리 | 풀등 \| 감풀 \| 목섬 \| 목새 \| 시새 \| 모새 \| 먹새 |
| | | 살흙 \| 감탕 |
| 228 | 잠비 | 떡비 |
| 230 | 지돌잇길 | 안돌잇길 \| 고팽이 \| 낭길 \| 에움길 \| 등판길 |
| | | |
| 232 | 도움 받은 자료 | |
| 234 | 찾아보기 | |

하늘에서 볕뉘를,
산에서 모롱이를,
물가에서 윤슬을 줍는 나날

큰 벌을 통틀어 이르는 우리말 '칭퉁이'를 알았을 때 무척 반가웠습니다. 으레 '큰 벌'이라 하면 말벌처럼 사나운 벌만 떠오르지, 뒤영벌처럼 덩치는 크지만 순둥순둥한 벌은 잘 떠오르지가 않잖아요. 그런데 '칭퉁이'는 꽃 속에 얼굴을 콕 파묻고는 보동보동한 궁둥이를 들썩들썩하면서 꽃가루며 꿀을 먹느라 정신이 없는 큰 벌의 사랑스러운 모습까지 잘 나타내는 낱말이다 싶어서요.

밤이나 도토리 속껍질을 가리키는 우리말 '보늬'를 알았을 때는 조금 미안했습니다. 평생이라고 해도 좋을 만큼 오랫동안 흔하게 밤을 먹어 오면서, 보고 만지고 때로는 퉤퉤거리기까지 했던 속껍질에 '보늬'라는 예쁜 이름이 있는 줄 까맣게 몰랐다는 것 때문에요. '속껍질'이 아니라 '보늬'라고 불렀다면 벗기는 데에 손이 많이 가도 괜히 덜 수고스러웠을 것 같고, 맛이 텁텁하다고 마냥 구시렁거리지만은 않았을 텐데요.

큰 벌을 그저 큰 벌, 속껍질을 그냥 속껍질이라 부른다고 나쁠 건 하나 없습니다. 다만, 칭퉁이나 보늬 같은 우리말을 하나둘씩 알 때마다 아쉬웠습니다.

첫째로, 생김도 예쁘고 소리도 꼭 시어나 노랫말 같은 낱말이 점점 잊히는 듯해서요. 소설가 김연수는 말했습니다. "아름다운 문장을 읽으면 우리는 어쩔 수 없이 아름다운 사람이 된다"고요.* 똑같이 새끼 곰이나 우박을 가리킨대도 '능소니'나 '누리'라고 말하면 평범한 일상도, 저라는 사람도 '어쩔 수 없이' 시나 노래처럼 아름다워질 것만 같습니다.

*김연수, 『우리가 보낸 순간_날마다 읽고 쓴다는 것(시)』, 마음산책, 2010

둘째로, 자연을 구석구석 살피고, 주변 생명을 배려하며, 볼품없고 버려진 것까지 살뜰히 챙기던 마음이 점점 사라지는 듯해서요. 우리는 불과 수십 여 년 사이에 농업 사회를 지나 산업 사회를 거쳐 정보화 사회에 이르렀습니다. 이제는 옛사람들처럼 오롯이 자연에 기대어 살지 않으니 자연을 바라보는 시선 또한 많이 달라졌습니다. 그러니 '눈석임'이나 '열쭝이'나 '보드기' 같은 낱말이 사라져 가는 게 어쩌면 당연합니다. 하지만 "쌓인 눈이 속으로 녹아 스러지는"(눈석임) 걸 알고, "겨우 날기 시작한 어린 새"(열쭝이)를 지켜보며, "크게 자라지 못하고 마디가 많은 어린 나무"(보드기)까지 살피는 마음만큼은 잃지 않았으면 합니다. 아무리 시대가 달라진다 한들 사람은 결코 자연을 떠나서는 살 수 없으니까요.

"작은 틈을 통해 잠시 비치는 햇볕"을 쬐며 '볕뉘'를 줍고, "산모퉁이의 휘어 둘린 곳"을 오가며 '모롱이'를 줍고, "햇빛이나 달빛에 비치어 반짝이는 잔물결"을 바라보며 '윤슬'을 줍는 나날은 무척이나 따스하고 새롭고 아름다웠습니다. 그리고 이런 나날은 제 안에서 싱그러

운 움으로 돋아 자연 낱말과, 낱말에 담긴 마음과, 사람
도 자연의 일부라는 사실을 줄곧 일깨워 주는 미더운 등
구나무로 자라겠지요.

끝으로 이 수집 기록은 어린 시절 저를 보살펴 준 산마
을 자연에게 보내는 연서이기도 합니다. 어릴 때는 언제
든 두 팔 벌려 품어 준 덕분에, 다 커서는 품에 안겨 자
랐던 기억 덕분에 나는 내내 버틸 수 있었다고, 늘 고마
웠다고, 많이 그립다고.

햇덩을 넉넉하게 보는 계절에

노인향

식물에서 줍다

# 가시랭이

나무나 풀의 가시 부스러기

경상도 산골 마을에서 나고 자란 저는 '까시래기'라는 말을 자주 썼습니다. 환삼덩굴 줄기에 뾰족이 돋친 가시나, 단풍잎처럼 생긴 잎에 송송 돋은 털이나, 산이고 들이고 쏘다니다 보면 어느새 옷 여기저기에 붙는 도깨비바늘 열매나, 추수하는 날 논에 있으면 온몸을 가렵게 하는 '까끄래기'나, 심지어 손톱 옆에 삐죽 튀어나온 가시 같은 살점까지 저는 모두 '까시래기'라 불렀습니다.

가시랭이라는 낱말을 처음 들었을 때는 아지랑이와 비슷한 말인가 싶었는데 알고 보니 '까시래기'를 가리키는 표준어더라고요. 추수하는 날 온몸을 가렵게 했던 '까끄래기'는 표준어로 까끄라기, 까락, 벼까라기라고 합니다. 까끄라기(낟알 껍질에 붙은 깔끄러운 수염)가 유독 기다란 벼는 까라기벼, 낟알 껍질에 까끄라기가 없는 벼는 몽근벼라 한다는데, 우리 집 논에는 유달리 까라기벼가 많아 그렇게 온몸이 가려웠던 걸까요? 그런가 하면 거친 벼는 거치렁이라고 하고, 손톱에서 삐죽 튀어나온 가시 살점은 거스러미가 정확합니다.

# 가톨

세톨박이 밤에서 양쪽 끝에 박힌 밤톨

속밤이 세 톨 든 밤송이를 세톨박이라고 하며, 여기서 가운데에 있는 밤톨은 가운데톨, 양 옆에 있는 밤톨은 가톨입니다. 밤톨이 둘만 있으면 두톨박이, 동글동글하니 하나만 있으면 외톨밤 또는 회오리밤이라고 합니다. 어린 시절, 색바람이 불어오는 초가을이면 으레 뒷산으로 밤을 주우러 갔고, 아람이 들어 네 갈래로 벌어진 밤송이를 발로 밟을 때면 소풍 날 보물찾기하듯 두근두근했습니다. 과연 내가 밟고 선 이 밤송이는 세톨박이일까 두톨박이일까 외톨밤일까, 이 속에는 넓적하고 큰 덕석밤이 있을까, 알이 전혀 들지 않아 껍질뿐인 쭉정밤이 있을까 하는 생각에 말이지요.

당연히 떫은맛이 나는 속껍질 보늬를 살살 깎아 생밤으로 먹거나 삶아서 작은 숟갈로 퍼 먹거나 군불에 넣어 군밤으로 먹으려면 '깎아 놓은 밤톨'처럼 잘생기고 통통한 덕석밤이 좋았습니다. 동글동글하고 작은 도톨밤은 먹잘 건 없지만 앙증맞아 보는 재미가 있어 나쁘지 않았고요. 꼭 하나, 속밤을 둘러싼 깍정이에 눌어붙기라도 한 듯 볼품없이 납작한 쭈그렁밤이 나오면 어린 마음에 그렇게 서운할 수가 없었습니다.

# 감또개

꽃과 함께 떨어진 어린 감

감똑이라고도 합니다. 여름과 가을 사이에서 서성거리던 비바람이 굳게 마음먹고 두메를 휘돌고 나면 마을 뒷산은 누름누름해지고, 차가워진 공기에 몸을 부르르 떨기라도 한 듯 동네 감나무들 아래에는 미처 여물지 못한 어린 감들이 낙엽처럼 뒹굴었습니다. 비쩍 마른 몸에 껍질은 버썩 갈라지고 앙상한 가지조차 힘에 부친다는 듯 돌담에 기댄 우리 집 늙은 감나무도 눈물처럼 툭, 하고 감또개를 떨구었습니다.

나직한 돌담 아래 쪼그리고 앉아, 웨이브를 넣은 듯 부드럽게 말린 감꽃을 달고 떨어진 감똑을 보면서 그 시절 저는 여름이 가고 가을이 왔다는 걸 알았습니다. 어린 제 눈길을 끌었던 건 언제나 채 영글지 못한 초록색 열매가 아니라 연노란 꽃이었기에 저는 꽤 오랫동안 감또개나 감똑이 떨어진 감꽃을 가리키는 다른 말인 줄로만 알았습니다.

감또개 뜻을 찾으면서 하나 더 새롭게 알게 된 것이, 지역에 따라서는 감을 얇게 썰어 말린 감말랭이를 감또개라 부르기도 한다네요. 지금까지 감은 단단하고 달달한 단감을 깎아 먹거나 땡감을 오래도록 익혀 홍시로 먹거나 말려서 곶감으로만 먹었는데 올 가을에는 이 감또개도 꼭 한번 맛봐야겠습니다.

덧붙여, '감쪽같다'는 "꾸미거나 고친 점을 전혀 알아챌 수 없을 정도로 티가 나지 않다"는 그림씨(형용사)로 감과 관련이 있습니다. 어원은 크게 두 가지로 알려집니다. 첫째, 감쪽은 '곶감(감) 조각(쪽)'을 가리킨다는 의견입니다. 먹을거리가 많지 않던 옛날 곶감은 무척 귀한 음식이었기에 먹을 기회가 있으면 곶감 조각을 누가 볼 새라 재빠르게 먹어 전혀 먹은 티가 나지 않았다는 데에서 유래했으리라 봅니다.

둘째, 감쪽은 '감접'에서 변한 말이라는 의견입니다. 감나무는 씨앗을 심어 키우면 열매 품질이 좋지 않아 대개 고욤나무 줄기에 접을 붙여 키우고, 시간이 지나면 접을 붙인 자리가 전혀 티가 나지 않는다는 데에서 유래했으리라 봅니다. 소리는 감접같다〉감쩝같다〉감쩍같다〉감쪽같다로 변했다고 추측합니다.

# 갬상추

잎이 다 자라서 쌈을 싸 먹을 수 있을 만큼 큰 상추

구청에서 운영하는 동네 텃밭을 분양받아 고추, 가지, 호박, 상추, 부추, 방울토마토, 감자 등 좋아하는 남새를 키운 적이 있습니다. 남새는 보리나 밀 같은 곡류를 빼고 밭에서 기르는 채소를 가리키며, 비슷한 말로 푸새가 있습니다. 푸새는 산과 들에 저절로 자라는 풀을 뜻하며, 사전 올림말에 따르면 남새와 푸새를 아울러 푸성귀라고 합니다.

텃밭을 직접 가꾼 건 처음인지라 남새가 자라는 과정은 다 신기하고 놀라웠지만, 그 가운데서도 가장 경이로운 건 상추였습니다. 비슷한 시기에 씨를 뿌린 다른 남새들은 쑥쑥 잘도 자라는데 이 녀석만은 꽤 오랫동안 잎이 덜 자라 자그마한 쥐악상추인 채였습니다. 텃밭 일이 서툴다 보니 뭔가 잘못됐구나 싶어 상추는 반쯤 포기할 무렵, 큰 비가 내렸습니다. 며칠 뒤 날이 개고 부랴부랴 텃밭을 찾았더니 이게 웬일! 잎이 제 손바닥의 반도 채 되지 않던 쥐악상추가 손바닥을 덮고도 남을 만큼 커다란 갬상추로 자라 있더군요. 이후 상추는 여느 남새들보다 낫자랐고, 나중에는 뜯어 먹는 속도가 성장 속도를 따라갈 수 없을 정도였습니다. 덕분에 주변에 상추 보시를 많이 했습니다.

상추의 경이로움은 여기서 끝이 아니었습니다. 또다시 긴 비가 지나고 오랜만에 텃밭에 들렀더니 이번에는 갬상추가 온데간데없고 그 자리에 웬 떨기나무 같은 식물이 줄줄이 서 있었습니다. 상추 줄기인 부룻동이 훌쩍 자란 상태로, 그 모습 어디에서도 새싹이라 말해도 좋을 만큼 앙증맞았던 쥐악상추, 보는 것만으로도 풍성했던 갬상추는 떠올릴 수 없으니 놀랄 수밖에요! 부룻동의 '부룻'은 상추를 가리키는 사투리이고, '동'은 배추나 무, 상추 같은 식물에서 꽃이 피는 줄기를 뜻합니다.

# 거지주머니

여물지 못한 채로 달린 열매 껍질

단단히 영글지 못한 열매 모습을 가진 것 하나 없는 거지의 텅 빈 주머니에 빗댄 것이 재밌습니다. 보통 속이 차지 않은 열매를 가리킬 때는 거지주머니라는 말보다 큰 틀에서 뜻이 비슷한 쭈그렁박, 쭈그렁사과처럼 쭈그렁이라는 말을 더 많이 쓰지만, 앵두나 자두 농사를 짓는 분들이라면 거지주머니라는 말이 꽤 익숙할 듯합니다. 열매가 달릴 무렵, 갑자기 기온이 많이 떨어지면 이따금 속은 텅텅 비고 크기는 정상 열매보다 몇 배로 부푸는 '거지주머니병'이 퍼지기 때문입니다.

대개는 '거지주머니병'이라 부르지만 농촌진흥청에 따르면 정확한 병명은 '주머니병'이며, 곰팡이균이 원인입니다. 주로 앵두·자두나무의 가지에 붙어 겨울을 난 곰팡이균의 낱홀씨(분생포자)가 날리면서 병이 퍼진다고 합니다.

식물에게 가장 중요한 일은 씨를 잘 건사해서 세대를 이어 가는 일입니다. 화려한 꽃도, 달콤한 열매도 모두 씨앗을 잘 품고 퍼트리고자 식물이 고안해 낸 도구로 볼 수 있습니다. 그러니 겉이 아무리 제대로 영글었다 한들 씨가 익지 않으면 무슨 소용일까요, 존재 이유를 잃어버렸는데요. 그래서 굴퉁이를 "겉모양은 그럴듯하나 속은 보잘것없는 물건이나 사람"에도 빗대는 건 참 찰떡같은 비유다 싶습니다.

반대로, 겉이 단단하고 씨까지 여문 호박은 청둥호박이라고 합니다. 지금까지는 이런 호박을 으레 늙은 호박이라고 했는데, 이렇게 버젓한 이름이 있으니 앞으로는 꼭꼭 챙겨 불러 줘야겠습니다.

# 굴퉁이

겉은 익었으나 씨가 여물지 않은 호박

# 꽃맺이
꽃이 진 뒤에 바로 맺히는 열매

저는 꽃맺이 하면 버찌, 매실, 살구, 앵두, 자두, 복숭아 같은 벚나무속 열매가 먼저 떠오릅니다. 제 머릿속에 가장 뚜렷이 박힌 꽃이 지는 풍경은 바람에 꽃잎이 꽃비로 흩날리거나 떨어진 꽃잎이 꽃보라로 이는 모습이고, 이 풍경 속 주인공은 언제나 벚꽃, 매화, 살구꽃, 앵두꽃, 오얏꽃(자두꽃), 복사꽃이니까요.

그러나 꽃이 진다는 건 꽃잎이 한 번에 흩어지거나 뚝 떨어지는 순간만이 아니라 꽃이 제 몫을 다한 뒤 이우는 과정을 뜻하기도 하므로, 꽃잎이 새득새득해지거나 아예 시든 다음 열매가 달리는 호박, 오이, 가지, 고추 같은 남새 열매도 꽃맺이로 볼 수 있겠습니다. 이런 꽃맺이 가운데 가장 먼저 달리는 열매를 꽃다지라고 합니다. 덧붙여 꽃이 진 자리는 꽃자리라고 부르며, 익은말(관용구)로 '꽃자리가 좁다'는 마음이 좁다는 뜻입니다.

엽록소를 가리키는 우리말 잎파랑이는 꽤 익숙하지만 '꽃'파랑이는 낯섭니다. 잎파랑이가 익숙한 까닭은 한자 말 엽록소가 익숙해서인 것처럼 꽃파랑이가 낯선 건 한 자말 화청소가 낯설기 때문이겠지요.

꽃파랑이, 화청소(花靑素) 또는 안토시안(anthocyan)이라 고도 부르는 이 색소는 초록 색소인 잎파랑이와 달리 빨 강, 파랑, 보라 등 다양한 빛깔을 나타냅니다. 꽃잎에서 붉은빛, 푸른빛, 보랏빛 등이 도는 것과 가을에 붉은 단풍 이 드는 건 꽃파랑이 영향입니다. 덧붙여 잎노랑이라는 낱말도 있습니다. 엽황소를 가리키는 우리말이며, 잎 속 에 잎노랑이가 있기에 우리는 노란 단풍도 볼 수 있지요.

## 꽃파랑이

꽃이나 잎, 열매 등에 들어 있는 색소

안에 꿀샘이 있어서 꿀샘주머니라고도 합니다. 식물은 혼자서는 꽃가루받이할 수 없기 때문에 곤충 같은 조력꾼이 꼭 필요합니다. 그래서 염주괴불주머니, 현호색, 제비꽃 같은 식물은 달달한 꿀을 준비해 곤충을 불러들입니다.

대개 꿀주머니 입구에는 수술과 암술이 있고, 꿀샘은 꿀주머니 안쪽 깊숙한 곳에 있습니다. 곤충이 꿀을 찾아 주머니 속으로 들어가는 사이에 자연스럽게 꽃가루받이가 이루어질 수 있는 구조입니다. 특히 제비꽃과 식물에서는 꿀주머니 입구 꽃잎에 줄무늬가 있는 종류가 많습니다. 이 줄무늬는 곤충이 꿀주머니 속으로 잘 들어갈 수 있도록 식물이 만들어 놓은 이정표입니다.

# 꿀주머니

꽃잎 일부가 뒤로 길게 자라서 생긴 부분

# 노굿
## 콩이나 팥 따위의 꽃

국어사전에 콩노굿, 팥노굿은 물론 동부노굿도 오른 것을 보니 콩과 식물 꽃은 대개 노굿이라 부르나 봅니다. 그리고 노굿은 다른 꽃처럼 '피다'라고 하지 않고 '일다'라고 합니다. 앞으로는 주로 세 종류(기판, 익판, 용골판) 꽃잎이 나비 모양을 이루는 콩과 식물 꽃을 보면 '노굿이 일었네'라고 해야겠어요. 노굿처럼 콩과 식물에만 해당하는 낱말로서 사전에 오른 고유어는 또 있습니다. 짜개와 꼬투리입니다. 짜개는 콩이나 팥 따위를 둘로 쪼갠 것의 한쪽을 가리키며, 콩짜개도 사전에 올라 있습니다. 식물 용어로서 꼬투리는 콩과 식물 씨앗을 싸고 있는 껍질만을 일컬으며, 사전 올림말로 콩꼬투리, 팥꼬투리도 있습니다. 곁가지로 덧붙이자면, 꼬투리를 흔히 국어사전 풀이처럼 '껍질'로 보는 일이 많지만 사실은 콩 '열매'입니다. 대개 길쭉한 씨방이 자라서 길쭉한 열매인 꼬투리가 되며, 껍질로 불리는 꼬투리 속 한쪽 면에 씨앗이 칸칸이 하나씩 달립니다.

# 눈

새로 막 터져 돋아나려는 풀과 나무의 싹

무엇으로 자라느냐에 따라 꽃눈과 잎눈으로 나뉩니다. 꽃이나 꽃차례로 자라면 꽃눈, 줄기나 잎으로 자라면 잎눈이며, 꽃눈이 잎눈보다 굵고 큽니다. 꽃눈과 잎눈이 함께 있으면 섞인눈이라 합니다. 생기는 자리에 따라서도 부르는 이름이 다릅니다. 줄기나 가지 끝에 생기면 끝눈, 줄기 옆에 생기면 곁눈입니다. 겨울눈은 늦여름에서 가을 사이에 생겨 겨울을 지내고 이듬해 봄에 자라는 싹을 가리킵니다.

국어사전에는 움도 눈과 마찬가지로 "풀이나 나무에 새로 돋아 나오는 싹"으로 올라 있지만, 풀보다는 나무에 돋은 싹을 움이라 부르는 일이 더 많습니다. 그리고 이때는 '움이 트다'보다 '움이 돋다'라고 하는 것이 더욱 자연스럽습니다. 사전 뜻으로만 보면 '트다(식물의 싹, 움, 순 따위가 벌어지다)'와 '돋다(속에 생긴 것이 겉으로 나오거나 나타나다)'는 거의 같은 낱말이지만, 식물 생태를 나타낼 때 '트다'는 일회성을, '돋다'는 연속성을 조금 더 띠는 표현이므로 나무에 싹이 난 상황에는 '돋다'가 더욱 어울립니다. '트다'는 나무보다는 강낭콩처럼 씨앗 하나에서 싹이 난 상황에 더 걸맞습니다.

# 늦깎이

과일이나 채소 따위가 늦게 익은 것

오랫동안 저는 늦깎이를 "나이가 많이 들어서 어떤 일을 시작한 사람"을 가리키는 낱말이라고만 생각했습니다. 일상에서는 대개 늦깎이 학생, 늦깎이 엄마, 늦깎이 신랑이라는 식으로 쓰이니까요. 그러다 늦게 익는 과일이나 채소 또한 늦깎이라 부른다는 걸 알고 깨달았습니다. 무심결에 저는 늦깎이라는 말에서 '늦다'라는 면만 보고 '익다'라는 또 다른 면은 보지 못했다는 걸 말이지요.

사람도 과일도 채소도 다 자기에게 맞는 속도가 있으니 중요한 건 늦느냐 빠르냐가 아니라 어떻게 익느냐일 텐데 그동안 그걸 놓치고 있었다니! 국어사전에 따르면 늦깎이에는 "남보다 늦게 사리를 깨치는 일 또는 그런 사람"이라는 뜻도 있는데, 그런 점에서 저야말로 늦깎이였습니다. 한편, 늦깎이는 "나이가 많이 들어서 승려가 된 사람"을 가리키기도 하며 그 반대말로는 올깎이가 있습니다.

# 대우

초봄에 보리, 밀, 조 따위를 심은 밭에서
드문드문 콩이나 팥 따위를 심는 일

자연 낱말을 찾다 보니 콩, 팥과 관련된 낱말이 곧잘 눈
에 띄더라고요. 하기야 콩은 오곡 중 하나이고, 팥 역시
팔곡(벼, 보리, 기장, 조, 밀 콩, 팥, 깨)으로도 삼을 만큼 옛날부
터 많이 심고 먹어 왔으니 관련 낱말이 많은 것도 당연
하겠습니다.

대우는 다른 말로 자귀넘이라고도 합니다. 콩과 팥을 나
눠서 콩대우, 팥대우라고도 써요. 보리나 밀을 심은 밭
이랑에 조를 심는 일을 조대우라고 하고요. 혹시 보리대
우나 밀대우도 있을까 싶어 찾아봤는데 없더라고요. 보

리나 밀은 행여나 쌀이 모자랄 때 주식으로 삼는 중요한 곡물이니만큼 다른 밭에 드문드문 심을 일은 없었겠지요. 다른 밭에 콩이나 팥을 '심는' 일이지만 익은말(관용구)로는 대우를 '파다'라고 합니다. 호미로 땅을 파서 심으니 그런가 봐요.

참! 궁이라는 낱말도 있어요. "보리를 베기 전에 보리밭 고랑 사이에 목화나 콩, 조 따위를 심는 일"을 뜻합니다. 옛날 밭 풍경을 떠올려 보면 특히나 보리밭은 이래저래 와그작와그작했을 것 같네요.

제게 덩굴은 정신을 똑바로 차리지 않으면 금세 길을 잃고 마는 낱말 미로의 입구 같습니다. 덩굴에게는 이란성 쌍둥이 낱말이 있습니다. 바로 넝쿨입니다. 둘은 뜻은 같고 생김새는 다른 복수 표준어로 사전에 올라 있습니다. 그리고 이들에게는 뜻이나 생김새가 거의 비슷한 형제 넌출이 있습니다. 넌출은 "길게 뻗어 나가 늘어진 식물 줄기"를 가리킵니다. 그러니까 '덩굴=넝쿨≒넌출'인 셈이지요.

길이 이렇게 세 갈래라면 낱말 미로에서 길 잃을 일은 없을 텐데, 이따금 덩굴과 넝쿨 사이에 느닷없이 '덩쿨'

## 덩굴

길게 뻗어 나가면서 다른 물건을 감기도 하고
땅바닥에 퍼지기도 하는 식물 줄기

이라는 샛길이 생깁니다. 생김새만 놓고 보면 '덩쿨'은 넌출보다 더 덩굴·넌출과 결이 비슷하고, 심지어 덩굴 쪽에서 보면 넝쿨보다, 넝쿨 쪽에서 보면 덩굴보다 더 서로와 닮았기에 자칫하면 길을 잘못 들기 십상입니다. 게다가 여기서 길을 헷갈려 버리면 생뚱맞게 "어수선하게 엉클어진 수풀"을 뜻하는 덤불 앞에서도 서성이게 되고, 결국은 완전히 방향을 잃고서 검불(마른 나뭇가지, 풀, 낙엽 따위를 통틀어 이르는 낱말)까지 가 버릴지도 모릅니다. 그러니 담쟁이나 등, 칡 같은 덩굴 식물을 볼 때면 꼭 기억합니다. '덩쿨'은 틀린 말이라고.

# 도롱고리

곡물 조의 하나

조는 벼과에 속하는 한해살이 식물로 예부터 오곡이라 하며 중요한 곡식으로 여겼습니다(오곡에는 조를 포함해 쌀, 보리, 콩, 기장이 있지요). 그래서 종류도 여럿인데 각 종류를 이르는 이름 하나하나가 어쩐지 재미납니다.

도롱고리는 줄기와 열매는 희읍스름하고 까끄라기가 없는 조를 가리킵니다. 희읍스름하다는 산뜻하지 않고 희뿌연 색을 나타내는 말입니다. 외꼬지는 줄기가 희고 까끄라기는 짧으며 알이 누른 조를 가리킵니다. 대개 조는 9월 무렵에 익는데 도롱고리와 외꼬지는 여름에 익는다고 하네요. 사삼버무레는 이삭과 수염이 길고 낟알은 조금 푸르스름하며, 왜여모기는 이삭과 수염이 길고 줄기는 흽니다. 검은데기는 줄기가 불그스름하며 낟알이 검고, 새코찌리는 낟알 끝이나 사이에 난 수염이 길고 알이 누렇습니다.

보리를 베고 난 논에 그루갈이로 심는 조는 그루조입니다. 요즘도 밥으로 많이 해 먹는 차조는 찰기가 있는 조를 이릅니다. 알이 잘지요. 이와 반대로 찰기가 없는 조는 메조라고 하며, 알이 굵습니다. 흔히 말하는 좁쌀은 껍질 벗긴 조 알갱이를 찧은 쌀을 가리킵니다.

# 도사리

다 익지 못한 채로 떨어진 과일

처음 도사리라는 낱말을 봤을 때는 으레 움직씨(동사) '도사리다'에서 온 줄로만 알았습니다. 뱀이 몸을 도사리고 있듯 무언가가 둘둘 말린 모양을 뜻하겠거니 싶었는데 완전히 헛발질이었어요. 채 익지 않았는데 비바람이나 병 때문에 가지에 단단히 달려 있지 못하고 똑 떨어진 과일, 그러니까 낙과(落果)를 가리켰습니다.

소리가 비슷하다는 이유만으로 서로 아무 관련도 없는 두 낱말을 연결 지었다는 것이 우스운 한편, 못내 아쉽기도 합니다. 아마도 옛날 이 땅에서는, 적어도 저 같은 보통 사람은 꽤 오랫동안 덜 익은 채 떨어진 과일을 낙과가 아니라 도사리라고 부르는 일이 더 많았을 텐데, 왜 지금은 이 낱말이 이렇게나 잊혔을까 하는 생각에 말입니다. 반대로, 매달려 있지만 채 익지 않은 과일은 똘기라고 합니다.

# 돌옷

돌이나 바위 거죽에 난 이끼

바위옷이라고도 합니다. 세상에, 돌이끼를 보고 돌(바위)이 옷을 입었다고 하다니요! 이 말을 처음 쓴 사람을 만날 수 있다면 두 손을 부여잡고 살래살래하면서 어쩜 이렇게 귀여운 생각을 다 했느냐고 묻고 싶습니다. 돌옷이라는 말에는 돌도 이끼도 살뜰하게 들여다본 마음이 고스란히 담긴 듯해 곱씹을수록 사랑스러워서요.

돌은 어떤 옷을 입나 싶어 돌이끼로 이미지를 검색해 봤습니다(아쉽게도 '돌옷'으로 검색하니 인형 옷 이미지만 잔뜩 나오더라고요). 두툼한 초록빛 털옷을 입은 돌도 있고, 아주 찰싹 달라붙는 희읍스름한 옷을 입은 돌도 있었습니다. 그런데 어떤 옷은 이끼 같은데 또 어떤 옷은 지의류 같아 보이기도 했습니다.

이끼와 지의류는 언뜻 비슷해 보이지만 아예 다른 생물입니다(참! 여기서 말하는 이끼는 선태류를 가리켜요). 이끼는 식물입니다. 우리가 흔히 보는 식물(속씨식물, 겉씨식물, 양치식물)은 대부분 관다발이 있는 관속식물이고, 이끼는 지금까지 알려진 바로는 유일하게 관다발이 없는 비관속식물입니다. 물에서 올라와 뭍에 처음으로 뿌리를 내린 식물이기도 하지요. 반면, 지의류는 광합성을 할 수 있는 조류(말)와 곰팡이가 함께 어우러진 생명체로 식물이 아니라 균으로 분류됩니다.

그럼 돌옷 뜻풀이를 돌이나 바위 겉에 낀 '이끼'라고만 한정하면 안 되지 않을까 싶다가 이내 고개를 젓습니다. 이끼든 지의류든 입고서 돌이 따듯하면 그만이니까요.

어떤 음악을 듣거나 냄새를 맡으면 잊고 있었던 기억이 확 되살아날 때가 있지요. 저는 '둥구나무'라는 낱말을 봤을 때도 꼭 그랬습니다. 어른이 된 이후로는 까맣게 잊고 지냈던 어린 날의 풍경이 기억 속 문을 벌컥 열고는 한달음에 제게로 달려왔습니다.

한여름입니다. 자글자글 내리꽂던 햇빛은 우거진 아름드리나무 잎사귀에 이르러서는 주춤거리다 이내 힘을 잃고 알알이 별빛처럼 바닥으로 쏟아져 내립니다. 햇빛이 부서져 아롱거리는 빛과 그림자 사이에서 어린 저는 무엇이 그리 신나는지 폴짝거리거나 박수를 치거나 배를 잡고서 깔깔거립니다. 기억은 다시 성큼 내달려 이번

둥구나무
크고 오래된 정자나무

에는 가을입니다. 노르스름하고 발그스름한 낙엽을 자박자박 밟으며 저는 둥구나무 둘레를 맴돕니다. 괜스레 밑동에 앉아 나무껍질을 쓸다가 일어나서는 다시 곁에 놓인 평상에 걸터앉아 한없이 멀어지는 하늘을 하염없이 바라봅니다. 기억 속 계절과 제 모습은 자꾸 달라지지만 제 곁에는 한결같이 둥구나무가 있습니다.

둥구나무는 대개 마을 어귀에 있어서 동구나무라고도 부릅니다. 커다랗고 잎이 무성해 그늘이 넓으니 그늘나무라고도 하고요. 사람들이 놀거나 쉬기 좋으니 그 곁에 정자를 즐겨 세워 정자나무라고도 합니다. 제가 살던 마을에는 정자 말고 평상이 놓여 있었어요. 마을에 따라서는 둥구나무가 마을 수호신인 당산나무가 되기도 합니다. 그러니까 둥구나무는 어떤 이름으로 불리든 너른 품으로 오가는 사람을 품어 주고, 수백 년 세월 동안 뿌리내린 땅을 묵묵히 지켜 온 존재인 셈이지요.

그래서였나 봅니다. 어린 시절 내내 제가 둥구나무 곁에 머물렀던 까닭은, 까맣게 잊었다 생각했는데 둥구나무라는 낱말을 듣는 순간 옛 기억이 생생히 되살아나고 그때가 제법 그리워지는 까닭은요.

# 둥주리감

모양이 둥근 감

감은 오래전부터 우리나라 사람들이 가장 흔히 먹어 온 과일이라 그런지 종류도 많고, 그에 따라 부르는 이름도 참 다양합니다. 먼저 둥주리감처럼 모양을 놓고 구분하는 이름을 알아볼게요. 동글납작하면 납작감, 납작감 중에서도 알이 매우 굵으면 대접감이라고 합니다. 꽃자리에 네 갈래로 골이 지면 골감, 갸름하고 끝이 뾰족하면 뾰주리감, 뾰주리감 중에서도 크기가 작으면 고추감이라고 합니다. 생김새가 길둥글고 물이 많아 달달한 감은 물감입니다.

감이 익거나 달린 상태에 따라서도 부르는 이름이 따로 있습니다. 잎이 다 떨어진 가지에 달려 있으면 알감, 햇볕을 받은 쪽이 거뭇해지면 먹감, 아직 덜 익어 색이 푸르스름하면 풋감이라고 합니다. 또 씨가 거의 없고 유난히 찰기가 많은 홍시는 찰감이라고 부릅니다. 북한에서는 홍시를 '물렁감'이라고 합니다.

감을 가리키는 낱말 중에 제가 가장 좋아하는 건 까치밥입니다. 까치밥이라는 낱말 속에는 까치를 비롯한 새들 먹으라고 몇 개 남겨 두는 감이라는 뜻과 더불어 주변 생명을 배려하는 '마음'도 깃들어 있으니까요.

# 땅자리

호박이나 수박 따위의 거죽이 땅에 닿아 빛이 변하고
험하게 된 부분

땅자리가 생기면 곧 속이 물컹물컹해지다 문드러지고 이내 벌레가 파고듭니다. 벌레가 땅자리를 먹은 상태를 가리켜 '굴타리먹다'라고 합니다. 생각해 보면 호박이나 수박처럼 땅과 맞닿아 자라는 박과 식물에서 땅자리가 생기거나 굴타리먹는 건 너무나 자연스럽습니다.

시선을 넓혀 땅자리를 흠집으로, 박과 식물을 모든 식물로 보아도 흠집은 곧 자연스러움입니다. 그렇기에 옛날처럼 직접 농작물을 키워 먹는 일이 일상이던 시절에야 웬만한 흠집은 결점으로도 여기지 않았겠지요. 그러나 요즘처럼 농작물이 상품으로 사고 팔리는 시대에 이 '자연스러움'은 심각한 '결격 사유'가 되고 맙니다. 돈을 내고 사는 것이니만큼 기왕이면 깨끗하고 예쁜 것을 바라는 마음은 당연하지요. 다만, 먹는 데에는 아무런 문제가 되지 않는데도 자그마한 흠이 있다는 이유만으로 상품으로서 가치를 잃고 이내 버려지는 현실은 꽤 씁쓸합니다.

날이 시나브로 쌀쌀해져 가면 대부분 생물이 그러하듯 갈잎나무(낙엽수)도 차근차근 겨울 날 준비를 합니다. 잎을 떨구는 층(켜)인 떨켜가 바로 그 흔적입니다.

겨울에는 땅이 얼어 뿌리가 물을 빨아들이지 못하기 때문에 나무는 몸속에 있는 물이라도 잘 건사해야 합니다. 나무 몸속 물은 대개 잎에서 빠져나갑니다. 잎이 넓으면 빠져나가는 물도 어마어마해 겨우내 잎을 달고 있다면 겨울을 무사히 넘기기 어렵겠지요. 그래서 은행나무, 단풍나무, 느티나무처럼 잎이 넓은 갈잎나무는 겨울을 앞두고 잎자루나 잎과 줄기 사이에 떨켜를 만들어 물과 양분이 잎으로 가지 못하게 막습니다. 가을이면 이런 나무에 단풍이 들고 이내 잎이 떨어지는 까닭이지요.

# 떨켜

잎이 질 무렵 잎자루와 가지가 붙은 곳에 생기는
특수한 세포층

그렇다고 모든 갈잎나무가 떨켜를 만드는 건 아닙니다. 밤나무나 떡갈나무처럼 원래 더운 지역에서 자라던 나무는 떨켜가 필요하지 않았다고 하네요. 그래서 이들 잎은 바래고 마르더라도 어떻게든 가지에 매달려 대롱대롱하다가 더 이상 버틸 힘이 없을 때야 비로소 마지못해 툭 떨어집니다.

비록 나무가 떨구었더라도(혹은 버티다가 스스로 떨어졌더라도) 바닥에 쌓인 잎은 여전히 나무 곁에 남아서 나무가 따뜻하게 겨울을 날 수 있도록 뿌리를 덮는 이불이 되어줍니다.

# 머드러기

과일이나 채소, 생선 따위의 무더기에서
다른 것들에 비해 굵거나 큰 것

머드러기라는 낱말을 보거나 들으면 연상 작용처럼 옥
작복작한 시장이나 마트에서 골똘히 물건을 고르는 사
람들 모습이 떠오릅니다.

수북이 쌓인 과일이나 채소, 가지런히 놓인 생선을 신중
히 살펴며 머드러기를 고르는 일은 언뜻 굉장히 평범해
보이지만, 아주 소소한 부분에서부터 오롯이 나 자신 또
는 사랑하는 사람을 생각하는 일이니 꽤 특별하다 할 만
합니다. 또한 머드러기는 여럿 가운데서 가장 좋은 사람
을 빗대는 말로도 쓰니, 소중한 이를 위해 정성을 다해
머드러기를 고르는 사람 역시 머드러기라 볼 수 있지 않
을까요.

과일 크기는 알새라고 하며, 과일에서 머드러기와 달리
알새가 작은 건 초리라고 합니다.

대개 과일은 오래 두면 물컹물컹해지거나 쪼글쪼글해져 맛이 없는데, 옛날에는 왜 배를 묵혀 먹었을까요? 요즘 우리가 먹는 배는 우리나라 야생종인 돌배나무의 재배종 열매입니다. 돌배라는 이름에서도 알 수 있듯 우리 토종 배는 대개 작고 단단하며, 떫거나 신맛이 강해서 요즘 배처럼 단맛이 거의 나지 않습니다. 하지만 시간을 두고 묵히면 살이 부드러워지고 맛이 달달해집니다. 옛사람들이 묵이배를 먹은 이유입니다.

"돌배도 맛 들일 탓"이라는 속담이 있습니다. 처음에는 싫다가도 차차 재미를 붙이고 정을 들이면 좋아질 수도 있는 상황을 이르는 말입니다. 그러니까 묵이배는 '기다림의 미학' 또는 '긍정의 태도'를 품었다고도 볼 수 있겠습니다. 뜻대로 되는 일이 없어 지치는 날에는 돌배를 묵이배로 익히면서 마음을 다독여 보는 것도 좋겠네요.

# 묵이배

딸 때에는 맛이 떫고 빡빡하나 오래 묵힐수록
맛이 좋아지는 배

# 배꼽

열매에서 꽃받침이 붙었던 자리

꽃받침은 꽃 하나로 볼 때 가장 바깥에 있는 부분이며, 아직 꽃이 피지 않은 봉오리일 때 꽃잎과 수술, 암술을 감싸서 보호합니다. 보통 열매와 함께 끝까지 남지만 나중에 떨어지기도 하며, 그 자리를 배꼽이라고 합니다. 사람 몸에 있는 배꼽도 산소와 영양분을 공급하며 태아를 보호하던 탯줄이 떨어진 자리를 가리키니, 사람에게나 식물에게나 배꼽은 참 감사한 흔적입니다.

또한 참외 중에서 꽃받침이 떨어진 자리가 유독 볼록한 참외를 배꼽쟁이외라고 하며, 유난히 튀어나온 사람 배꼽도 참외 배꼽이라 하지요. 동물뿐만 아니라 식물과도 이렇게 닮은 점을 발견하면 사람 역시 자연의 일부라는 사실을 새삼 깨닫습니다.

# 보굿

**굵은 나무줄기에 비늘 모양으로 덮인 겉껍질**

대개 소나무 껍질을 가리킬 때 쓰며 솔보굿이라고도 합니다. 우리나라가 원산지인 만큼 소나무는 우리에게 가장 친숙한 나무가 아닐까 싶습니다. 그러니까 껍질에까지 이름이 다 있겠지요.

보굿 말고도 소나무를 가리키는 낱말은 무척 많습니다. 작고 가지가 다보록하게 퍼진 나무는 솔포기, 작고 몽톡한 나무는 몽당솔, 작고 가지가 많으며 어린 나무는 보득솔, 어린 소나무 자체는 잔솔 또는 애솔이라 합니다. 혼자 따로 서 있는 나무는 외솔, 무덤 주변으로 죽 둘러선 나무는 도래솔이라고 부릅니다. 송진이 많이 엉긴 가지는 관솔, 땅에 쌓인 잎이나 땔감으로 쓰려고 묶어 놓은 가지는 솔가리, 땅에 박힌 채로 썩은 그루터기는 고주박이라고 합니다.

다행히 피해가 줄고 있다고는 하나 여전히 소나무재선충병으로 고사하는 소나무가 적지 않습니다. 직접 원인인 재선충을 잘 관리하고 소나무가 건강히 자생할 수 있는 생태 환경도 조성해 더 이상 소나무가 피해를 입지 않기를, 앞으로도 오래도록 이 땅 곳곳에 솔버덩(소나무가 우거진 들판)이 있어 솔바람(소나무를 스치며 부는 바람)을 맞을 수 있기를 바랍니다.

# 보드기

크게 자라지 못하고 마디가 많은 어린 나무

자연 낱말을 찾으면서 가장 좋은 점은 세상의 중심에서 동떨어져 잘 보이지 않는 볼품없는 것, 버려진 것 등을 가리키는 낱말이 참 많다는 것을 알게 된 점입니다. 그리고 가장 아쉬운 점은 이런 낱말이 너무 많이 잊히고 있다는 점이고요.

보드기만 해도 사전에는 올라 있지만 일상에서는 이제 거의 쓰이지 않는 낱말입니다. 태어나고 진화하고 사라진다는 점에서 언어도 생물과 비슷하며, 그런 점에서 보드기는 지금 멸종 위기에 처했고, 머지않아 멸종할 테지요. 물론 시간이 흐르면서 세상은 달라지고, 그 변화에 따라 낱말 또한 사라지고 생겨나기를 반복하니 유난 떨

일은 아니겠지요.

다만, 보드기라는 낱말이 사라진다면 "크게 자라지 못하고 마디가 많은 어린 나무"를 바라보던 시선, 기억하려는 마음 또한 영영 사라질까 봐 괜스레 조바심이 납니다. 아무리 세상이 달라져도 "살아 있는 나무에 붙은 말라 죽은 가지"를 삭정이라 부르고, "재목에 벌레가 먹어서 생긴 흠집"을 벌레통이라 부르고, "밭판에 심어 놓고 돌보지 않은 참외"를 벌치라 부르고, "꼬부라지고 비틀어진 못생긴 오이"에까지 외꼬부랑이라고 이름 붙여 주던, 볼품없고 버려진 것까지 살뜰히 챙기던 그 마음만큼은 영영 사라지지 않는다면 좋을 텐데요.

# 봄동

노지에서 겨울을 보내어 속이 들지 못한 배추

옆으로 활짝 퍼진 봄동을 깨끗이 씻어 한 잎 한 잎 떼어다가 따끈한 밥 한 숟갈 올리고, 고추장이랑 된장 석석 섞은 다음 참기름 조금 넣어 버무리고, 통깨 살살 뿌려 마무리한 쌈장을 툭툭 얹어 한 입 크게 베어 물면, 바깥에서는 동장군이 꽃샘잎샘하시는 터에 아직 다 오지는 못하고 서성거리던 봄이 입 속으로 후다닥 달려와 퍼집니다. 그때의 싱그러움은 어둡고 춥고 긴긴 겨울을 잘 견뎌 낸 제게 봄이 주는 선물 같습니다. 아, 올 겨울도 무사히 넘겨서 얼른 봄동과 함께 달짝지근하고 싱싱한 새봄을 맞고 싶네요.

늦가을이나 초겨울에 심는 배추는 얼갈이(배추)입니다. 심는 시기는 봄동과 비슷한데 로제트 식물처럼 잎이 활짝 펼쳐진 봄동과 달리 얼갈이는 잎이 안으로 폭 모였습니다. 배추나 무의 꽃줄기는 장다리 또는 동이, 씨를 떨어낸 장다리는 공다리라고 부릅니다. 씨도리를 잘라 내고 남은 뿌리는 공바기라고 하고요.

어릴 적 살던 마을 산에는 억새 군락이 있었습니다. 가을이면 이따금 산에 올라 햇빛에 윤슬처럼 반짝거리는 새품을 바라보곤 했기에, 그 시절 제게 가을은 화려하게 울긋불긋한 동시에 우아하게 은빛으로 빛나기도 했습니다. 그런데 어처구니없게도 저는 꽤 오랫동안 이 억새를 갈대라고 불렀고, 심지어 둘이 다른 줄도 몰랐습니다. 억새는 그저 갈대의 다른 말인 줄로만 알았지요.

물론 둘은 생김새부터 꽃이 피고 지는 시기까지 비슷해서 헷갈릴 만은 합니다. 그러나 사는 곳은 전혀 다릅니다. 억새는 산에, 갈대는 물가에 삽니다. 이따금 물가에서 자라는 억새도 있으나 갈대는 산에서 자랄 수 없기 때문에 적어도 산에 있는 억새를 보고 갈대로 착각할 일은 없습니다. 비록 저는 오랫동안 그랬지만요. 갈대 꽃은 갈꽃이라고 합니다. 새품과 비슷한 갈품이라는 낱말도 있는데 이는 꽃이 피지 않은 갈대 이삭을 가리킵니다.


# 새품

억새 꽃

# 섶

잎나무, 풋나무, 물거리 따위의 땔나무를
통틀어 이르는 말

그러니까 땔감으로 삼는 나무를 가리킨다는, 또렷한 뜻
풀이를 보고서도 저는 한참이나 '섶'이라는 낱말을 이
해하지 못했습니다. 뜻풀이에 담긴 잎나무, 풋나무, 물
거리, 땔나무라는 낱말부터가 제게는 막연했거든요. 깊
은 산마을에서 나고 오래된 한옥에서 자란 덕에 웬만한
자연 낱말은 머리가 아니라 몸에 새겨져 있다고 자부했
는데, 이런 저도 섶 앞에서는 갈팡질팡하게 되더라고요.
그래서 뜻풀이에 실린 낱말 뒤를 발밤발밤 따라가 보기
로 했습니다.

우선 땔나무는 앞서 이야기했듯 땔감으로 삼는 나무입
니다. 불나무라고도 해요. 잎나무는 "가지에 잎이 붙은
땔나무"를 가리킵니다. 풋나무는 "갈잎나무, 새나무, 풋

장 따위의 나무를 통틀어 이르는 말"이래요. 자, 갈잎나무는 잎이 지는 나무를 뜻하니 알겠고, 새나무는 뭘까요? 땔감으로 삼는 띠나 억새를 뜻합니다. 띠와 억새 같은 벼과 식물을 통틀어 일컫는 '새'에서 온 말이네요(벼과는 풀이니 따지자면 나무는 아니겠지만요). 풋장은 "가을에 억새, 참나무 따위의 잡풀이나 잡목을 베어서 말린 땔나무"를 가리킵니다. 엇, 그럼 갈잎나무와 새나무를 합친 게 풋장이 되는 거네요!

이제 물거리 하나 남았습니다. "잡목의 우죽이나 굵지 않은 잔가지 따위와 같이 부러뜨려서 땔 수 있는 것들"을 이른다고 합니다. 우죽이라. 역시 마지막도 쉽게 넘어가질 않네요. "나무나 대나무의 우두머리에 있는 가지"로 우듬지와 같은 말이었습니다.

다시, 그러니까 섞은 잎이 붙은 나뭇가지나 잘 부러지는 나뭇가지, 마른 참나무나 억새나 띠처럼 불에 잘 탈 만한 나무나 풀을 가리키는 낱말이었습니다. 비록 불을 땔 일은 없지만 이다음에 산에 가면 꼭 섶을 찾아봐야겠습니다. 뜻을 아는 데에는 한참 헤맸지만 이제 실체만큼은 금방 알아볼 자신이 있거든요.

# 송아리

꽃이나 열매 따위가 잘게 모여 달린 덩어리
또는 그 덩어리를 세는 단위

자연 낱말을 비롯한 순우리말을 찾아보면서 퍽 아쉬웠
던 점 중 하나가 요즘은 우리말로 된 단위를 잘 쓰지 않
는다는 점입니다. 우리말 단위는 세는 대상에 따라 이
름이 달라져 언뜻 번거로워 보이지만 이는 곧 '셈'보다
는 '대상'에 초점을 맞췄다는 뜻이 됩니다. 그러니까 (자
연 낱말을 알아보면서 한결같이 느끼는 마음이지만) 송아리라는
단위가 쓰이지 않는 게 아쉽다기보다는 꽃이나 열매가
자잘하게 달린 덩어리를 그저 한 개 두 개 아니라 한 송
아리 두 송아리 세는 마음이 사라지는 게 괜스레 서운
한 거지요.

꽃이나 열매가 굵게 모인 덩어리를 세는 단위는 송어리
입니다. 송이는 꼭지에 달린 꽃이나 열매를 세는 단위이

고요. 식물 한 뿌리에서 여러 줄기가 나와 더부룩하게 무더기를 이룬 꽃이나 풀을 세는 단위는 떨기입니다. 그루는 나무를 셀 때 쓰고요.

식물을 먹거리나 일상에서 쓰는 거리로 삼을 때 쓰는 단위도 알아보겠습니다. 포기는 뿌리 식물을 하나하나 셀 때, 통은 배추나 박을 셀 때 씁니다. 톨은 밤이나 곡식 낱알을 세는 단위이고요. 남새나 과일을 묶어 세는 단위는 접이고요, 한 접은 100개를 이릅니다. 오이나 가지를 묶어 셀 때는 거리라고 하며, 한 거리는 50개입니다. 강다리는 쪼갠 장작 묶음을 나타낼 때 쓰며, 한 강다리는 쪼갠 장작 100개비입니다. 개비는 가늘게 쪼갠 나무토막 낱낱을 가리키고요.

씨앗은 식물에게만큼이나 사람에게도 귀한 존재입니다. 씨앗이 없으면 식물이 생길 수 없고, 생태계를 이루는 먹이사슬에서 생산자인 식물이 없으면 종속영양생물(스스로 에너지를 만들지 못하고 생산자에 의존해 살아가는 생물)이자 그중에서도 최종 소비자인 사람은 아예 살아갈 수가 없으니까요. 하물며 농업 사회였고, 오늘날처럼 먹을거리가 다양하지 않았던 옛날에는 사람들이 씨앗을 더욱 귀하게 여길 수밖에 없었겠지요(물론 지금도 그래야 마땅하지만).

씨앗은 씨오쟁이에만 두지 않고 구덩이를 파서 보관하기도 했습니다. 이런 구덩이를 씨굿이라고 합니다. 씨앗

## 씨오쟁이

씨앗을 담아 두는 짚으로 엮은 물건

을 뿌린 다음 흙을 덮을 때는 끙게를 썼습니다. 대우 또는 자구넘이처럼 호미로 땅을 파서 씨앗을 심는 일은 호미글게, 밭을 갈아 목화씨인 무명씨를 심는 일은 명갈이라고 했습니다.

움씨는 뿌린 씨가 잘 나지 않을 때 다시 뿌리는 씨를 가리킵니다. 일찍 심는 씨는 이른씨입니다. 예나 지금이나 우리 땅에서 가장 중요한 남새는 배추겠지요. 씨앗을 받으려고 남겨 둔 배추는 씨도리라고 합니다. 밑동을 뿌리에 붙여 남기고 잘라 냅니다. 심마니들은 산삼 씨를 다말이라고 불렀다고 하네요.

# 아퀴쟁이

가장귀가 진 나뭇가지

아즈마 키요히코 만화 『요츠바랑』을 보면 꼬마 요츠바가 이웃집 언니 아사기에게 캠핑 가서 주워 온 '특별한' 나뭇가지를 자랑하는 장면이 나옵니다. 언뜻 다 비슷비슷해 보이는 나뭇가지도 아이처럼 관심을 갖고 들여다보면 저마다 다른 특징이 눈에 띄는 거겠지요.

그렇다면 특징에 따라 나뭇가지를 부르는 말도 조금씩 다르지 않을까 싶어 찾아보니 역시 그랬습니다. 가장귀는 나뭇가지에서 갈라진 부분을 가리키며, 뿌장귀라고도 합니다. 또한 아퀴쟁이와 마찬가지로 갈라진 나뭇가지 자체를 일컫기도 합니다. 갈라진 쪽 말고 나뭇가지 몸체는 가장이라고 합니다. 봄에 이제 막 돋은 어리고 연한 나뭇가지는 애가지, 잎이 다 떨어진 나뭇가지는 졸가리 또는 줄거리, 삭은 나뭇가지는 사득다리입니다. 가늘고 기다란 나뭇가지는 휘추리, 나뭇가지 맨 끝에 있는 가지는 위초리라고 합니다.

언젠가 저도 요츠바처럼 마음에 쏙 드는 나뭇가지를 만난다면 이런 낱말들을 써 가면서 나뭇가지 자랑 좀 해야겠습니다.

# 올벼

제철보다 일찍 여무는 벼

'올-'은 몇몇 곡식이나 열매 이름 앞에 붙어 제철보다 빨리 여문다는 뜻을 나타내는 앞가지(접두사)입니다. 이렇게 곡식이나 열매가 일찍 여무는 것을 움직씨(동사)로는 '올되다'라고 합니다. 사전에 올라 있는 올된 낱말로는 올복숭아, 올배, 올사과, 올밤, 올고구마, 올호박 등이 있습니다.

제철에 알맞게 여무는 곡식이나 열매 앞에는 '햇-'을, 제철보다 늦게 여무는 것에는 '늦-'을 붙입니다. '늦-'은 올되다처럼 늦되다로도 활용하며, 올되다와 늦되다는 나이보다 성장이 빠르거나 더딘 사람, 철이 빨리 들거나 늦게 든 사람을 가리킬 때도 씁니다.

자연에서든 사람 사회에서든 큰 틀에서 기준으로 삼는 제철은 분명히 있고, 세상은 대개 그 기준에 맞춰 돌아갑니다. 그렇지만 똑같은 벼일지라도 올벼, 햇벼, 늦벼가 있듯 세상 모든 것에는 저마다의 제철 또한 따로 있는 법입니다. 세상의 제철을 아는 것도 물론 중요하지만 그보다 더욱 중요한 건 나의 제철이 언제인지를 알고, 거기에 내 삶을 맞추는 일이 아닐까요.

# 옹두리

나뭇가지가 부러지거나 상한 자리에 결이 맺혀
혹처럼 불퉁해진 것

자그마한 옹두리는 옹두라지라고 합니다. 옹두리와 비
슷하지만 결이 다른 상처로는 옹이가 있습니다. 옹이는
자꾸 높은 곳으로 뻗어 나가려는 윗가지에 밀려 죽은 밑
가지의 흔적입니다. 그러니까 옹두리가 나무의 투쟁사
라면, 옹이는 나무의 성장사라고 할까요.

숲에 가면 흠집이 거의 없고 매끈하게 뻗은 나무보다는
구불구불하고 울퉁불퉁한 나무에 더욱 눈길이 갑니다.
외부 요인으로 상한 흔적이든, 내부 충돌로 생긴 자국이
든 몸에 난 상처를 애써 감추지 않고 제 일부로 받아들
인 그 모습이 참 멋져 보여서요. 작은 상처에도 법석거
리고 미련한 저는 옹두리나 옹이가 있는 나무를 바라보
며 늘 생각합니다. 그 담담하고 유연한 모습을 닮고 싶
다고.

우리가 흔히 아는 응어리는 "가슴속에 쌓여 있는 한이나 불만 따위의 감정"을 가리키며, 응어리가 있으면 가슴이 답답하고 무겁습니다. 그러니까 이 응어리는 우리 마음에 없을수록 좋겠지요. 그런데 식물에게는 응어리가 없어서는 안 됩니다. 가장 중요한 '씨앗'을 품은 곳이기 때문입니다. 사과나 배 같은 열매에서는 응어리가 곧 씨방이며, 꽃턱이 자라 생긴 열매살보다 단단합니다. 소중한 것을 지키려면 단단해져야 하니까요.

그렇다면 우리 마음속 응어리도 사실은 그 속에 소중한 무언가를 품고 있어서 그걸 단단히 지키느라, 응어리가 생기면 마음이 그리 답답하고 무겁다고도 볼 수 있지 않을까요? 따지고 보면 한이나 불만은 내가 소중히 여기는 것을 얻지 못해서 생기는 감정으로도 볼 수 있으니까요. 이제 응어리가 생겨 힘들 때면 그 응어리가 단단히 품은, 내가 미처 챙기지 못한 소중한 것이 무엇인지부터 살펴봐야겠습니다.

**응어리**
과실의 씨가 박힌 부분

동물에서 줍다

# 가탈걸음

말이 불안정하게 비틀거리며 걷는 걸음

몇 해 전 여름, 광화문 앞 도로에서 관광객을 태운 마차를 봤습니다. 횡단보도 앞에서 보행 신호를 기다리는 잠시 동안에도 매섭게 쏟아지는 땡볕 탓에 두피가 따끔따끔하고, 발밑에서 지글지글거리는 아스팔트 열기 탓에 현기증이 날 정도인 서울의 한여름을, 마차 끄는 말이 가탈가탈 지나고 있었습니다.

자동차나 기차가 없던 시절, 말은 사람이 이동하고 짐을 옮기는 데에 무척 중요한 수단이었기에 그만큼 가탈가탈 오가는 일도 많았겠지요. 그러나 지금은 21세기입니다. 여전히 사람이 규정해 놓은 틀 안에서 어떤 수단으로 쓰이는 말도 많기는 하지만, 적어도 말이 사람의 '운송 수단'으로는 살아가지 않아도 되는 이 시대에 어째서 사람 태운 마차를 끄는 말이 도로 한가운데를 가탈가탈 지나야 하는 걸까요?

옛날에는 짐이나 사람 무게가 버겁기는 해도 흙길을 오가며 종종 나무 그늘에서 볕을 피하고 냇가에서 목을 축이기라도 했겠지만, 21세기 한여름의 광화문에서는 절절 끓는 아스팔트 길을 밟으며 그늘도 냇가도 없는, 도심의 열기만 더욱 가둘 뿐인 빌딩 숲을 지나야 합니다.

가탈가탈, 가탈걸음은 말의 희생과 더불어 옛사람들이 말에게 느꼈을 고마움, 미안함, 애잔함을 함께 담아내는 낱말이라 생각했는데, 씁쓸하게도 이제 제게는 '동물 학대'가 함께 떠오르는 낱말이 되고 말았습니다.

이제 이 땅에서 호랑이를 볼 수 있는 곳은 동물원 말고는 없지만, 여전히 많은 사람이 호랑이를 우리 나라나 민족을 대표하는 동물로 여기며 좋아합니다. 예부터 한반도에 살았던 호랑이는 시베리아호랑이(*Panthera tigris altaica*)로 백두산호랑이, 아무르호랑이, 한국호랑이라고도 합니다.

한반도 곳곳 산속에 터를 잡고 지내며 산군으로도 불렸던 호랑이는 잇따른 개간과 사냥으로 조선 시대부터 시나브로 수가 줄다가, 일제 강점기에 이르러 조선 총독부가 해로운 동물을 없앤다는 명목으로 대량 학살하면서 절멸했습니다. 선사 시대부터 이 땅에 살았으리라 추정되는 동물이 겨우 수십 년 만에 우리나라 야생에서는 완

개호주

범의 새끼

전히 사라져 버린 셈입니다.

다만 아직 공식적으로는 멸종 처리되지 않았고(멸종위기 야생생물 1급), 북한 일부 지역에 극소수가 서식한다고 알려지기는 합니다. 그렇다면 우리가 모르는 아주 깊은 산골(그런 곳이 있을까 싶지만)에 산군답게 위엄 있는 범과, 까불까불하다 짐짓 용맹스러운 척하는 끔찍이도 사랑스러운 개호주가 여전히 살고 있기를 헛되나마 간절히 기대해 봅니다.

호랑이는 범이라고도 하지요. 표범과 구분하고자 칡범, 갈(葛)범으로도 불렀습니다. 표범과 달리 호랑이 몸에 난 무늬가 칡(葛)덩굴 같아서입니다. 아울러 개호주를 산가시라고도 했습니다.

# 겹눈

작은 육각형 낱눈이 모여 이루어진, 곤충의 눈

잠자리 눈을 아주 크게 확대한 사진을 본 적이 있습니다. 사람 눈과 마찬가지로 커다란 렌즈 하나처럼 보였던 눈에는 어마어마하게 많은 육각형 렌즈가 정교하게 맞물려 촘촘하게 박혀 있었습니다.

잠자리를 비롯한 곤충 눈은 이처럼 작은 렌즈(낱눈)가 빽빽하게 모여 이루어진 겹눈입니다. 머리 대부분을 차지할 만큼 겹눈이 커다란 왕잠자리 무리의 낱눈은 2만 8,000여 개나 됩니다. 겹눈 구조에서는 큰 렌즈 하나가 아니라 작은 렌즈마다 알알이 사물이 맺히기 때문에 앞쪽과 옆쪽, 위쪽과 아래쪽도 폭넓게 볼 수 있을 뿐더러 뒤쪽 상황까지 어느 정도 파악할 수 있습니다. 다만 그래서 전체 형태를 또렷이 인식하지는 못합니다.

곤충에게는 낱눈, 겹눈 말고 눈이 하나 더 있습니다. 대개 겹눈과 겹눈 사이에 빈디(인도 여성이 이마에 찍는 점)처럼 콕콕 박힌 홑눈입니다. 홑눈으로는 사물의 밝기와 거리만 구별할 수 있지만 이런 정보를 바탕으로 곤충은 사물을 더욱 입체적으로 파악할 수 있습니다. 제 마음에도 겹눈과 홑눈이 있다면 세상을 조금 더 폭넓게 바라볼 수 있을 텐데요.

아직은 고추잠자리를 고추짱아라고 부르는 어린이가 많았을 시절 가을날 풍경을 상상해 봅니다. 눈 닿는 것, 손 닿는 것 모두가 신기해 못 견디겠다는 듯 가을 들판을 헤죽헤죽 뛰어다니던 꼬마둥이가 갑자기 멈칫합니다. 그러다 말간 눈을 반짝이며 해맑게 외칩니다. "고추짱아!" 꼬마와 가을 들판과 고추잠자리가 있는 풍경에 '고추짱아'라는 낱말이 더해지면 사랑스러움이 곱절로 커지겠지요. 짱이는 어린아이가 잠자리를 부르는 말입니다.

## 고추짱아

어린아이가 고추잠자리를 이르는 말

고추잠자리는 잠자리과 고추잠자리속에 속하는 종 (*Crocothemis servilia*)을 가리키는 이름입니다. 그런데 어느 날, 잠자리 도감을 보다가 이 고추잠자리가 제가 알던 고추잠자리랑 다르다는 걸 깨달았습니다. 어릴 때 늘 한 번 잡아 보려고 꽁무니를 쫓아다니던 잠자리는 배만 빨갛고 날개 가장자리에 있는 무늬(연문)가 짙었는데, 도감에 나오는 고추잠자리는 머리부터 배까지 온몸이 빨갛고 가장자리 무늬도 좀 옅더라고요. 알고 보니 제가 어린 시절 고추잠자리라고 불렀던 녀석은 고추좀잠자리였습니다.

찾아보니 고추좀잠자리 말고도 날개띠좀잠자리, 대륙좀잠자리, 여름좀잠자리, 두점박이좀잠자리, 흰얼굴좀잠자리 등 좀잠자리속에 속하는 종은 대개가 몸이 불그레하더라고요. 기억을 더듬어 보면 어릴 때는 새빨간 잠자리는 그냥 다 고추잠자리라고 불렀던 것 같습니다. 참! 몸이 불그스름하게 물드는 잠자리는 거의가 다 자란 수컷입니다. 똑같이 고추잠자리라고 하더라도 암컷이나 덜 자란 수컷은 옅은 갈색입니다.

# 고치

애벌레가 번데기로 변할 때 몸을 감싸고자
실을 토해 내어 지은 집

요즘이야 고치라고 하면 으레 곤충과 연관 짓지만, 예전
에는 옷감을 먼저 떠올리지 않았을까요? 누에나방 애벌
레인 누에는 번데기로 변할 때 입에서 흰 실을 토해 몸
을 둘둘 감싸며 고치를 틀고, 옛사람들은 하얀 실타래
같은 누에고치에서 실(명주실)을 켜서 옷을 지어 입었으
니 말입니다.

옷은 우리가 살아가는 데에 가장 중요한 요소 가운데 하
나이고, 특히 옛날에 누에고치는 옷을 짓는 데에 꼭 필요
한 재료였던 만큼 관련된 낱말도 꽤 많습니다. 먼저 솜고
치는 실을 켤 수 없는 허드레 고치를 가리킵니다. 그렇다
고 솜고치가 아예 쓸모없는 건 아닙니다. 솜고치를 삶아
서 늘이면 색이 하얗고 반짝이며, 가벼우면서 따뜻한 풀
솜을 만들 수 있습니다. 쌀고치는 아주 희고 굵으며 단단

한 고치를 가리킵니다. 농업 사회에서 가장 중요한 쌀을 이름에 붙일 정도였으니, 얼마나 질이 좋은 고치였을지 짐작이 갑니다. 누에고치 상태에 따라 등급 매기는 일을 고치가림이라고 하며, 으뜸은 봄에 치는 누에(봄누에)의 고치인 봄고치이고, 버금은 가을고치입니다.

누에 배설물 또는 죽은 누에나 섶(누에가 고치를 틀 수 있게 만든 틀)에서 나온 물 등 군물이 들어 깨끗하지 못한 고치는 무리고치 또는 물든고치라고 합니다. 상태에 따라 추리고 남은 고치는 치레기고치라고 부릅니다.

한편, 사전에는 어스렁이고치라는 낱말도 올라 있습니다. "밤나무벌레가 지은 고치"라고 합니다. 밤나무벌레는 어떤 벌레인가 싶어 사전을 찾아보니 "참나무하늘소애벌레"를 뜻한다더라고요. 그렇구나 하고 넘어가려는

데 어쩐지 마음 한구석이 찜찜했습니다. 왜 그럴까 곰곰 생각해 보니 딱정벌레 무리에 속하는 하늘소 종류 애벌레는 고치를 틀지 않아서였습니다. 게다가 참나무하늘소는 남부 지방에서도 바닷가 쪽에서만 조금 보일 뿐이며, 하늘소 종류 애벌레는 나무나 풀의 줄기를 파먹고 살기 때문에 굳이 밤나무를 쪼개서 속을 살피지 않는 이상 보기가 어렵습니다. 이처럼 흔히 볼 수 없는 참나무하늘소 애벌레만을 콕 짚어 가리키는 낱말이 있다는 것도 선뜻 이해가 가질 않았고요.

낱말 생김과 뜻풀이를 다시 요모조모 따져 봤습니다. 지금까지 살펴본 바에 따르면 대개 '고치'가 붙은 낱말은 누에나방 애벌레를 가리키는 누에와 관련이 있습니다. 그렇다면 혹시 여기서 말하는 '밤나무벌레'는 밤나무에 사는 누에를 뜻하는 건 아닐까 생각하는데 번뜩! 밤나무산누에나방이 떠올랐습니다. 밤나무산누에나방 애벌레는 당연히 밤나무에서 흔히 보이며, 고치를 틉니다. 그리고 보니 옛날에는 밤나무산누에나방을 '어스렝이나방'이라고도 불렀습니다. 밤나무산누에나방 애벌레는 다른 누에와 달리 고치 속에 든 번데기가 훤히 보일 만큼 몇 가닥 굵은 실로 엉성하게 고치를 트니 실을 켜기에 알맞지 않았겠지요. 그리고 그런 고치라면 콕 짚어 이름을 붙여 알릴 만했을 테고요.

사전에는 나오지 않지만 '어스렁이'의 어원을 '엇+으렝이'로 보는 의견이 있습니다. '엇'은 덜되거나 모자라거나 어중간하다는 뜻을 더하는 앞가지(접두사) '얼'이 변한 말이고(얼→엇), '으렝이'는 '어렝이'에서 온 말로 봅니다. '어렝이'는 얼멍얼멍하게 엮어 만든 작은 삼태기를 가리킵니다. 밤나무산누에나방 애벌레는 고치를 얼멍얼멍, 얼기설기, 어설프게 트니 이 의견이 옳다면 '어스렁이'는 애벌레 생태를 잘 나타낸 이름입니다. 그러니 '어스렁이고치'도 밤나무산누에나방 고치로 보는 게 더 적절하지 않을까 싶습니다.

# 굼벵이

매미 애벌레 또는 꽃무지, 풍뎅이, 하늘소 같은
딱정벌레목 애벌레

몸이 통통하고 더디게 움직이는 특성을 본떠 동작이 굼뜨고 느린 사람을 가리킬 때도 굼벵이라고 합니다. "굼벵이도 구르는 재주가 있다"는 말도 같은 맥락에서 비롯했습니다. 그러니까 대개 사람들이 바라보는 굼벵이는 조금 모자라고 어수룩한 존재인 셈인데, 굼벵이가 알면 참 서운하겠습니다. 굼벵이는 그저 제 삶에 가장 알맞은 방식, 속도로 살아갈 뿐이니까요.

사람도 마찬가지로, 각자 방식에 맞춰 살면 그뿐인 걸 굳이 굼벵이에 빗대 굼뜨니 어쩌니 하는 건 모두에게 같은 속도와 방식을 강요하는 듯해서 조금 불편합니다. "굼벵이가 지붕에서 떨어질 때는 생각이 있어 떨어진다"는 속담이 있습니다. 남들 보기에는 굼벵이가 꾸물거리다 실수로 떨어진 것 같겠지만 사실은 어른벌레가 될 준비를 하고자 땅속으로 들어가는 과정이라는 뜻입니다.

다시 말해 남 보기에 어떻든 사람들은 다 자기만의 뜻을 품고 알아서 잘 살아가니 이제 굼벵이도, 굼벵이 같은 사람도 그만 얕잡아 보면 좋겠습니다.

# 깃

새의 몸을 덮고 있는 털

깃털이 털 하나하나를 가리킨다면, 깃은 털이 어우러진 모양이나 상태로 볼 수 있겠습니다. 어느 부위에 있는지, 어떤 상태인지에 따라 종류가 다양합니다.

보들보들한 깃은 솜깃, 갓 태어난 아기 새의 무른 깃은 부등깃이라고 부릅니다. 어쩜 가리키는 낱말도 이리 야들야들하고 폭신폭신한 느낌인지요! 홍여새나 황여새처럼 머리 뒤쪽으로 덥수룩하게 난 깃은 도가머리이며, 머리카락이 부스스하게 일어난 사람의 머리를 가리킬 때도 도가머리라고 합니다. 왜가리나 댕기흰죽지처럼 머리 뒤쪽에서 댕기처럼 늘어진 깃은 댕기깃이라 부릅

니다. 귀깃은 귓가에 난 깃을 가리키며 큰소쩍새나 수리
부엉이처럼 올빼미과 새에서 두드러지지만, 올빼미나
솔부엉이처럼 귀깃이 아예 없는 종도 있습니다.

날개깃 가운데 가장 길고 빳빳한 깃을 칼깃이라고 하며,
대개 첫째날개깃이 그렇습니다. 칼깃의 '칼'은 새 날개
를 가리키는 바람칼에서 나온 듯합니다. 바람칼은 새가
하늘을 날 때 바람을 가르는 듯하다고 해서 생긴 말입니
다. 치렛깃은 번식기에 수컷에서 나타나는 화사한 깃을
가리키며 번식깃, 장식깃이라고도 합니다. 중대백로는
등에 나풀거리는 레이스 같은 치렛깃이 달립니다.

# 꺼병이

꿩의 새끼

께병이, 주리끼라고도 합니다. 국어사전에 따르면 꺼병이는 "옷차림 따위의 겉모습이 잘 어울리지 않고 거칠게 생긴 사람을 비유적으로 이르는 말"이기도 하며, 여기서 "성격이 야무지지 못하고 조금 모자란 듯한 사람"을 낮잡아 이르는 낱말 꺼벙이도 유래했습니다.

이런 사람을 굳이 왜 어린 꿩에게 빗댔는지 어원을 살펴보니 꺼병이 생김새가 말쑥하지 못하고 행동거지가 어줍어서랍니다. 실제로 꺼병이 모습이 그런지 궁금해 동영상 사이트에서 검색해 봤습니다. 예전에야 새끼는 물론 암컷(까투리), 수컷(장끼)을 가리키는 이름이 다 따로 있을 만큼 꿩이 흔하고 친숙했겠지만 지금은 주변에서 쉽게 볼 수 없으니까요.

한데 웬걸, 다보록한 털로 덮인 작은 몸이며 덩치에 비해 조금 긴 듯한 다리로 종종거리는 모습은 여느 어린 동물이 그렇듯 귀엽기만 했습니다. 그래서 제 마음속 사전에서만큼은 꺼병이도, 꺼벙이도 '생김새나 차림새와 상관없이 그 자체로 사랑스러운 동물 또는 사람'이라고 정의 내리기로 했습니다.

# 능소니

곰의 새끼

'심쿵하다'는 말이 있습니다. 몹시 사랑스럽거나 멋진 대상을 봤을 때 심장이 크게 쿵쿵거릴 만큼 설렌다는 뜻으로, 특히 보들보들하고 동글동글하고 꼬물꼬물한 어린 생명에게 심쿵하는 사람이 많습니다. 몇 해 전 지리산에서 태어난, 강보에 싸인 능소니 사진을 봤을 때 저도 어찌나 심쿵했던지요! 그런데 이토록 무해하고 앙증맞은 모습을 '능소니'로 검색하면 잘 찾아볼 수가 없습니다. 요즘은 거의 새끼 곰이라고만 부르니까요.

우리나라 야생에서 사는 반달곰(멸종위기야생생물 I 급)은 복원 사업으로 방사한 개체를 포함해 약 69마리(2020년 4월 기준)로 추정됩니다. 개체 수도 워낙 적거니와 사는 곳도 국한(지리산 권역)되어 있어 대부분 사람에게 곰은 지금 이 땅에서 함께 살아가는 생물이 아닌, 옛이야기에 나오거나 다른 나라에나 있을 법한 존재일 겁니다. 그러니 새끼 곰을 가리키는 능소니 같은 낱말도 시나브로 잊히는 거겠지만 조금 섭섭하기는 합니다. 이 자금자금하고 말랑말랑한 생명체를 나타내기에는 능소니가 딱 맞춤이거든요!

# 단물고기

민물에 사는 물고기

단물은 민물을 가리킵니다. 바닷물은 짠물이고, 바다에 사는 고기는 짠물고기입니다. 어릴 때는 학교 가는 길이나 집으로 돌아오는 길에 목이 마르면 길가에 흐르던 실도랑 물을 곧잘 마시곤 했습니다. 어린 입맛에도 물이 참 달았던 기억이 나요. 그래서 민물이 곧 단물이라는 건 바닷물이 짠물이라는 것만큼이나 온몸으로 납득이 됩니다.

지금까지 우리나라 민물에서 발견된 물고기는 200여 종이며, 이 가운데에 약 60종이 한국 고유종입니다. 고유종은 대개 자기에게 꼭 맞는 환경에서만 살 수 있으므로 환경 변화에 매우 민감합니다. 우리 민물 환경이 나빠져 특산 물고기가 사라지면 이는 곧 지구에서 그 종이 사라진다는 걸 뜻합니다. 이미 많은 민물이 여러 개발과 정비 사업으로 많이 망가졌지만, 그렇더라도 민물을 깨끗하고 달달한 단물로 유지해야 하는 이유가 바로 이 때문이죠. 부디 오래도록 우리 단물에서 이들이 잠방잠방하기를 바랍니다.

덜도래, 도로래, 도루래, 토로래, 도로랑이, 물개아지, 무송아지, 논두름망아지, 버버지, 개밥통, 가밥도둑, 하늘밥도둑. 모두 **땅강아지**를 이르는 말입니다. 비규범 표기로 사전에 오른 이름만 이만큼이고 사투리까지 더하면 훨씬 많습니다.

땅강아지라는 이름은 땅에 굴을 파고 들어가 살며 생김새가 강아지와 닮았다는 데에서 비롯한 듯합니다. 덜도래, 도루래, 토로래, 도로랑이는 "도르르르"하고 내는 소리에서 따왔으리라 보고요. 물개아지, 무송아지는 헤엄을 곧잘 치는 모습에서 유래한 게 아닐까 짐작해 봅니다. 버버지, 개밥통, 가밥도둑, 하늘밥도둑은 작물 뿌리를 갉아 먹어 얄미운 마음에 붙인 이름이지 않을까 싶고요. 그래서 농사짓는 사람이야 당연히 땅강아지가 미울

# 땅강아지

메뚜기목 땅강아지과에 속하는 곤충

수밖에 없겠지만 농업 생태계 전체로 보면 땅강아지는 굉장히 이로운 곤충입니다. 땅강아지가 땅에 굴을 내느라 흙을 헤집어 놓는 덕분에 땅속으로 공기도 잘 통하고 빗물도 잘 스며들면서 토양 질이 좋아지거든요.

그나저나 이렇게 이름이 많다는 건 그만큼 땅강아지가 많이, 우리 일상 가까이에서 살았다는 뜻이겠지요. 생각해 보면 저도 어릴 때는 꽤나 자주 땅강아지를 봤는데 최근에는 거의 본 일이 없습니다. 흙이 많지 않은 도시에 살아서이기도 하겠지만 오염된 땅이 많아져 땅강아지 서식지가 줄어든 탓도 클 거예요. 땅강아지를 볼 일이 점점 드물어지면서 다양하게 불리던 이름들도 차츰 잊혀 갑니다. 이러다 땅강아지라는 생물까지 영영 잃어버리는 건 아닐까 문득 겁이 나네요.

처음에는 버찌처럼 열매를 가리키는 낱말일까, 그렇다면 매실의 다른 이름일까 했습니다. 그런데 세상에, 매의 똥이라니! 사전에서 '찌'를 찾아보면 어린 아이가 똥을 이르는 말이라고 나옵니다. 요즘은 매(*Falco peregrinus*)를 비롯한 매 종류가 하늘 높이서 설핏 나는 모습만 봐도 행운이다 싶은데, 옛날에는 똥을 따로 매찌라고 이를 정도였으니 매와 사람이 얼마나 가까웠는지 헤아려 볼 수 있습니다.

# 매찌

매의 똥

이런 옛 상황을 짐작할 수 있는 또 다른 낱말로 시치미가 있습니다. 지금은 흔히 '시치미 뗀다'는 꼴로 자기가 했으면서도 안 한 척, 알면서도 모르는 척하는 태도를 가리키는 말로 쓰이지만, 본래 시치미는 사냥매 꽁지깃에 달아 두는 표식을 뜻합니다. 시치미에는 수할치(사냥매를 돌보고 부리는 사람)의 이름이나 주소 등이 담겨 있습니다.

요즘으로 치면 반려 동물 인식표와 같아서 설령 매를 잃어버리더라도 매를 발견한 누군가가 시치미에 적힌 정보를 보고 수할치를 찾아 줬습니다. 그러나 예나 지금이나 세상에 나쁜 사람은 꼭 있어서, 수할치 잃은 사냥매를 제 것으로 삼으려고 시치미를 떼어 버리는 사람도 있었습니다. 바로 여기서 '시치미 떼다'는 익은말(관용구)이 나왔습니다.

또한 우리 속담 중에 "초고리는 작아도 꿩만 잡는다"라는 말이 있습니다. 아무리 작은 매(초고리)라도 꿩만 잘 잡는다는 뜻으로, 몸집이 작은 사람이 맡은 일을 시원시원하게 해내는 모습을 이릅니다.

# 멀떠구니

새의 소화 기관 중 하나

모이주머니라고도 합니다. 새는 삼킨 먹이를 주머니처럼 생긴 이곳에 우선 저장해 두고 체온과 수분으로 소화하기 쉽게 불린 다음 모래주머니로 보냅니다. 곡식을 먹는 새에게서 특히 발달했습니다.

자연 낱말 중에는 요즘은 흔히 쓰지 않아 글자만 보고는 무엇을 가리키는지 모르는 낱말이 많지만 대개는 뜻을 알고 나면 아, 옛날에는 자주 쓸 만했겠다 싶어 고개를 끄덕이게 됩니다. 그런데 멀떠구니는 뜻을 알고 나서도 한참 갸우뚱했습니다. 어째서 새의 배를 가르지 않는 이상 볼 수 없는 소화 기관을 가리키는 이름(한자로 된 학술 용어가 아니라 일상에서 흔히 썼을 법한 우리말 이름)까지 있을까 싶어서요. 곰곰이 이유를 생각해 보다가 "곡식을 먹는 새에게서 특히 발달"했다는 설명을 보고 무릎을 탁 쳤습니다. 아, 닭이 있었구나!

요즘처럼 먹을거리가 흔하지 않던 옛날에 닭은 정말 요긴한 동물이었을 겁니다(물론 닭은 여전히 사람들이 가장 많이 먹는 동물이지요. 하물며 그 정도가 너무 심해서 문제일 만큼). 고기를 쉽게 먹을 수 없는 보통 사람들도 닭이 있어 그나마 단백질을 섭취할 수 있었을 테니까요. 게다가 달걀과 고기뿐만 아니라 모래주머니(닭똥집)까지 먹으니, 소화 기관 중 하나인 멀떠구니를 알고 이름 붙이는 것도 무척 자연스러운 일이었겠습니다.

# 모이

물고기 새끼

개호주, 꺼병이, 능소니처럼 어린 동물을 가리키는 낱말이 또 뭐가 있을까 찾아보니 유난히 어린 물고기를 가리키는 이름이 많았습니다. 지금도 물론 그렇지만, 생존에 필요한 것 대부분을 자연에서 얻어다 살던 옛날에는 물고기가 더욱이 소중한 먹거리이자 벌이 수단이었을 테니까요.

사람들이 너무 많이 먹어 문제인 노가리는 어린 명태를 가리킵니다. 화투 칠 때 쓰는 일본말로 더 익숙할지 모를 고도리는 순우리말로는 어린 고등어를 뜻합니다. 어린 농어는 껄떼기, 어린 갈치는 풀치, 어린 노래미는 노래기라고 합니다. 간자미는 가오리 새끼를 가리키는데, 일부 지역에서는 가자미를 '간재미'라고 부르기도 해서 이따금 둘을 헷갈리기도 합니다. 뱅아리는 흰베도라치 새끼를 일컫습니다.

보통 어린 방어는 마래미라고 부르며, 마래미보다 더 작은 새끼는 떡마래미라고 합니다. 대개 어린 숭어는 모쟁이라고 하지만, 아직 두 치(약 6센티미터)까지 자라지 않은 새끼는 살모치라고 부릅니다. 모쟁이를 모롱이라고도 하는데, 어린 웅어를 가리키는 이름과 똑같습니다.

누치 새끼는 저뀌 또는 대갈장군이라고 합니다. 대체 머리가 얼마나 크기에 대갈장군이라고까지 불렀나 싶어 사진을 찾아봤는데 에이, 그 정도는 아니었습니다. 어릴 때 냇물에서 흔히 봤던 돌고기 새끼는 가사리, 멸종위기야생생물 Ⅱ급인 열목어 새끼는 팽팽이라고 합니다. 어린 잉어는 붉은 색감에서 따왔는지 발강이라고 부릅니다.

환경 오염으로 서식지가 파괴되는 탓에, 바다 바닥을 깡그리 훑으며 남획하는 탓에, 바다와 민물 가릴 것 없이 물고기들이 사라지고 있습니다. 어린 물고기를 '모이'라 부르고, 또 모이마다 따로 이름을 붙여 주고, 어쩌다 잡힌 모이는 금세 놓아주며 귀히 여기던 마음이 사라졌으니, 어쩌면 당연한 수순일지도 모르겠습니다.

어릴 때 살던 마을 골목 어귀에는 울타리 없는 외양간이 있었고, 그곳에는 대개 황소 한 마리가 깔갯짚을 묵직이 밟고서 쉬고 있었습니다. 우물우물 여물을 되새김질하다 이따금 큰 눈을 한번 껌뻑하고, 뱅뱅거리는 파리가 귀찮다는 듯 가끔 꼬리를 한번 휘 젓는 그 별스러울 것 없는 모습이 저는 이상하게도 좋았습니다. 그래서 골

# 몬다위

말이나 소의 어깻죽지

목을 오가다 소가 외양간에 있으면 늘 그 곁에 쪼그리고 앉아 잠자코 소를 바라보곤 했습니다. 물론 소는 저를 말 그대로 '소 닭 보듯' 했지만요.

훌쩍 자란 어느 날, 책에 실린 이중섭의 「흰 소」를 보다가 불현듯 그 소가 떠올랐습니다. 그리고 깨달았습니다. 어린 시절 가만히 소를 바라보는 것이 그리 좋았던 까닭을요. 「흰 소」에서는 특히나 몬다위가 두드러집니다. 뼈가 드러날 정도로 삐쩍 말랐는데도 우뚝 솟은 몬다위 때문에 그림 속 소는 매우 강인해 보입니다. 겨우 일고여덟 살 남짓했던 저도 알았던 겁니다. 고된 일상도 제게 주어진 것이라면 묵묵히 견뎌 나가고, 저보다 약한 존재를 세상 무해한 눈빛으로 바라보는 소야말로 무척 강인한 존재라는 걸요. 그리고 진정으로 강한 존재와 함께 있을 때면 우리는 두려운 게 아니라 한없이 마음이 편안해진다는 걸요.

몬다위는 소나 말의 어깻죽지를 가리키는 동시에 흔히 '육봉'이라고 부르는, 낙타 등에 있는 혹을 뜻하는 낱말이기도 합니다. 우리말 치고는 꽤 발음이 이국적이다 싶었는데 몽골어 'mundara'에서 유래했다고 하네요.

# 무녀리

한 배에 있던 새끼 여러 마리 가운데
가장 먼저 나온 새끼

열 살 무렵, 제 가장 친한 친구는 우리 집 강아지 초분이
였습니다. 우리가 함께 맞은 첫 번째 겨울 어느 밤에 초
분이는 엄마가 되느라 마루 밑에서 고통스럽게 낑낑 대
고 있었습니다. 세상에서 제일 소중한 친구가 추운 밤에
혼자 애쓰는 모습이 안타까워 저는 몇 번이고 초분이 곁
에 있으려 했지만, 단 한 번도 제게 다정하지 않은 적이
없었던 초분이는 난생 처음 보는 무서운 얼굴로 저를 경
계했습니다. 새끼를 지키려는 어미의 본능이었겠지만,

어렸던 저는 영문을 몰라 다가가지도 못하고 그렇다고 아주 멀리 떨어지지도 못한 채 동동거리기만 했습니다. 그 까맣고 깊은 밤에 초분이는 새끼를 세 마리 낳았지만, 아침에 보니 살아남은 녀석은 한 마리뿐이었습니다. 죽은 두 마리 중 한 마리는 무녀리였겠지요. 무녀리라는 말은 문을 연다는 뜻인 '문열이'에서 비롯했다는데, 여린 몸으로 혼자 세상 문을 여느라 너무 힘에 부쳤던 걸까요? 그래서 무녀리라는 낱말을 보거나 들으면 저는 늘 쨍하니 차가운 겨울 아침, 밤새 새끼를 낳느라 기진맥진한 초분이 곁에 남겨진, 세상 문을 열었으나 정작 자기는 그 세상에서 살아 보지 못한 새끼 강아지가 떠올라 괜스레 서글퍼지곤 합니다.

그런데 사전에는 무녀리가 "말이나 행동이 좀 모자란 듯이 보이는 사람을 비유적으로 이르는 말"로도 올라 있어서 깜짝 놀랐습니다. 다행히 살아남았더라도 무녀리는 나중에 나온 새끼보다는 더 허약할 수 있을 테니 그 모습에 빗댄 뜻풀이겠지만 그렇더라도 '모자라다'는 표현은 많이 속상합니다. 기왕이면 '조금 약해도 씩씩하게 살아가는 사람'을 이르는 말이면 좋을 텐데요.

# 밤눈

말의 무릎 쪽에 두두룩하게 붙은 군살

말은 육지에 사는 포유류 가운데 눈이 가장 크며, 눈이 얼굴 양옆에 있어서 머리를 돌리지 않아도 폭넓게 좌우를 살필 수 있습니다. 다만 그렇기에 정면을 똑바로 보기는 어려워서 고개를 숙여도 제 발아래를 볼 수가 없습니다. 또한 말은 겁이 무척이나 많아서 심지어는 작은 곤충을 보고도 놀라 주춤거리거나 날뛰기까지 합니다. 한자말 놀랄 경(驚)자에 말 마(馬)자가 들어 있는 것도 그래서입니다.

이처럼 제 발밑도 보지 못하고, 겁도 많은 말이 어떻게 그리 시원스레 잘만 달릴까요? 바로 무릎 근처에 딱지 또는 티눈처럼 박힌 또 다른 눈, 밤눈이 있기 때문입니다. 얼굴에 달린 눈으로는 볼 수 없는 발아래 세상, 캄캄한 어둠도 밤눈이 밝혀 주기에 말은 어느 곳에서나 중심을 잘 잡고 달릴 수 있다고 합니다.

제 마음에도 단단한 밤눈이 있으면 좋겠습니다. 그럼 이따금 눈을 뜨고 있어도 앞이 보이지 않을 때, 내가 딛고 선 세상이 어떤 곳인지 도무지 종잡을 수 없을 때 흔들리지 않고 나아갈 수 있지 않을까요.

# 배어루러기

배에 난 털 빛깔이 얼룩얼룩한 짐승

얼룩얼룩은 얼루룩얼루룩의 준말로 "여러 가지 어두운 빛깔의 점이나 줄 따위가 조금 성기고 고르게 무늬를 이룬 모양"을 가리킵니다. 비슷한 말 얼룩덜룩(얼루룩덜루룩)은 "여러 가지 어두운 빛깔의 점이나 줄 따위가 조금 성기고 고르지 않게 무늬를 이룬 모양"을 뜻하고요. 그러니까 어두운 빛깔 무늬가 고르면 '얼룩얼룩', 무늬가 고르지 않으면 '얼룩덜룩'입니다. 그리고 얼룩얼룩한 무늬가 있는 동물은 얼루기라고 합니다. 혹시나 해서 덜루기도 찾아봤더니 사전에는 올라 있지 않더라고요. 아울러 털빛이 부연 동물은 부영이라고 합니다.

21세기를 사는 제가 가장 먼저 떠올린 배어루러기는 얼룩말이었습니다. 그런데 얼룩말은 아프리카 대륙에 분포하던 동물이니 우리 조상들이 얼룩말을 보고서 배어루러기라는 말을 쓰지는 않았을 것 같네요. 옛날 우리 땅에서 볼 수 있었던 배어루러기는 호랑이, 표범, 삵 정도일 듯합니다. 같은 고양이과인 스라소니도 배어루러기가 아닐까 찾아보니 스라소니는 배가 하얗더라고요. 배어루러기는 아니고 얼루기인 셈이죠. 그러고 보면 호랑이, 표범, 삵은 배어루러기이자 얼루기이기도 하네요.

# 부레

**경골어류 몸속에 있는 공기 주머니**

뼈가 딱딱한 물고기 무리이자 현존하는 물고기 대부분
이 속하는 경골어류(조금 더 정확히 따지자면 조기아강)에만
부레가 있습니다. 뼈가 무른 물고기 무리인 연골어류
(가오리류나 상어류 등)에는 부레가 없습니다. 부레는 간단
히 말하면 풍선 같습니다. 풍선처럼 안에 공기가 많으
면 몸이 뜨고, 적으면 가라앉습니다. 물고기는 부레 속

공기 양을 적절히 조절하며 물속에서 떴다 가라앉았다 합니다. 물고기 종류에 따라서는 부레가 소리를 듣거나 내는 일, 숨을 쉬거나 평형을 유지하는 일에도 영향을 미칩니다.

대개 순우리말은 아주 오래전부터 쓰여 왔기에 사전을 찾아보면 낱말 형태 변화가 꽤 많습니다. 그도 그럴 것이 언어도 생물처럼 진화하니까 그때그때 상황에 맞춰 변하지 않으면 살아남기 어려울 테니까요. 그런데 놀랍게도 부레는 15세기부터 지금까지 형태 변화 없이 그대로 이어졌다고 합니다. 500여 년 전 사람들도 지금처럼 부레라고 발음했다니! 이 사실을 알기 전에는 부레라고 하면 늘 머릿속에 풍선이 떠올랐는데, 이제부터는 500년 전과 지금을 이어 주는 타임머신이 먼저 떠오를 것 같습니다.

'부레가 끓다'는 사람들이 화가 났을 때 쓰는 익은말(관용구)입니다. '부아가 치밀다' 또는 '속이 끓다'와 같은 뜻으로 쓰는데, 물고기 공기 주머니인 부레를 사람이 화가 났을 때도 가져와 쓰는 걸 보면 역시 우리는 물에서 온 게 맞나 봅니다.

'웃는 돌고래'라고 들어보셨나요? 입꼬리가 살짝 올라가 꼭 빙긋이 웃는 듯 보이는 상괭이를 가리킵니다. 상괭이는 입매뿐 아니라 둥글뭉수레한 주둥이, 동글동글한 머리, 등지느러미 없이 반들반들하고 옴포동이같은 몸매 때문에 전체 생김새도 무척 사랑스럽습니다.

물까치, 물아치, 쇠물돼지 등으로도 불린 상괭이는 예부터 우리나라 바다와 강어귀에 살았다지만 널리 알려진 편은 아니었습니다. 조심성이 많아 사람을 피해 다니기도 하거니와 혼자 또는 두세 마리가 조용히 헤엄치기 때문이죠. 그러다 몇 해 전부터 이토록 가만가만한 상괭이의 이름이 세상 곳곳에서 떠들썩하게 불리기 시작했습니다. 우리나라는 물론 전 세계에서 개체 수가 급격히 줄어 멸종 위기에 처했기 때문입니다.

# 상괭이

쇠돌고래과에 속하는 우리나라 토종 돌고래

몸집이 작고 물이 얕은 연안에서 주로 지내다 보니 상괭이는 오래전부터 그물에 걸리는 일이 잦았다고 합니다 (그래서 어민들에게만큼은 익숙한 생물이었고요). 하지만 옛날과 달리 요즘 쓰는 그물(안강망)은 굉장히 넓고 촘촘해서 수많은 상괭이가 저도 모르게 그물에 들어가게 됩니다. 돌고래, 그러니까 젖먹이동물(포유류)인 상괭이는 사람처럼 폐로 숨을 쉬기에 몇 분마다 한 번씩 물 위로 올라와야 하는데, 요즘 그물에 갇히면 도무지 빠져나갈 길을 찾을 수 없어 힘겹게 버둥거리다 결국 물속에서 숨이 막혀 죽고 말지요.

인터넷에서 '상괭이'를 검색하면 이렇게 죽은 상괭이 소식이 수두룩합니다. 기사에 딸린 사체 사진을 보니 영문도 모른 채 고통스럽게 죽어 갔을 텐데도 여전히 상괭이는 싱긋, 웃는 얼굴이었습니다.

## 서덜

생선에서 살을 발라내고 난
나머지 부분(뼈, 대가리, 껍질 등)을 통틀어 이르는 말

음식물 쓰레기가 넘치는 시대입니다. 우리나라에서 하루에 발생하는 쓰레기 가운데 약 1/3이 음식물 쓰레기이며, 심지어 현재 세계에서 생산되는 먹을거리 가운데 약 1/3은 소비되지도 않은 채 버려진다고 합니다. 먹을거리가 풍요로운 시대라고 여기기에는 여전히 식량 부족에 시달리고, 먹을 게 없어 목숨까지 잃는 인구가 한 해에만 수백 만 명에 이릅니다.

이런 문제를 생각하다 마음이 답답해질 때면 떠오르는 게 서덜과 서덜탕(매운탕)입니다. 옛날에는 워낙 먹을거리가 부족했으니 생선살을 발라내고 남은 뼈, 대가리, 껍질 등을 그러모아 서덜이라 부르고, 야무지게 챙겨 끓여 먹은 게 뭐 그리 대수일까 싶지만, 음식물 쓰레기는 넘치는 한편 음식물 불평등은 점점 심해지기만 하는 지금 현실을 생각해 보면 그 대수롭지 않음이 사실은 매우 대수로운 일이었다는 걸 깨닫습니다. 서덜이라는 낱말과 서덜탕이라는 음식에는 한때는 '생명'이었던 먹을거리에 감사하는 마음, 그래서 어느 것 하나 허투루 여기지 않는 태도가 담겨 있으니까요.

# 센개

털빛이 흰 개

백석 시인의 시 「넘언집 범 같은 노큰마니」에 보면 "센개 같은 게사니"라는 표현이 나옵니다. 게사니는 아예 처음 보는 낱말이라 바로 사전을 찾아보니 거위를 가리키는 북한말이었습니다. 센개는 으레 힘이 센 개겠거니 생각해서 찾아보지도 않고 넘어갔는데, 나중에 알고 보니 착각도 이런 착각이 없더라고요.

센개에서 '센'은 머리카락이나 수염 등이 희어지는 '세다'에서 왔습니다. 그러니까 털이 센 것처럼 하얀 개를 뜻했습니다(같은 맥락에서 사전에는 백마를 가리키는 다른 말로 센말도 올라 있습니다). 아, 그럼 제가 태어나서 처음 키운 강아지 밍키도, 밍키 친구였던 윗집 오빠네 복실이도 센개였네요!

센개를 조금 더 귀엽게 이르면 센둥이입니다. 센개, 검둥개, 누렁개가 덤덤한 세트라면 센둥이, 검둥이, 누렁이는 사랑스러운 세트입니다. 센개, 센둥이는 흰둥이라고도 하며, 흰둥이는 개뿐만 아니라 털빛이 흰 모든 동물에게 쓸 수 있습니다. 사전 뜻풀이에 따르면 누렁이도 마찬가지입니다.

# 슬치

알을 낳아 속이 빈 뱅어

물고기나 벌레가 알을 낳는 걸 '슬다'라고 하니, 아마도 알을 슨 물고기(치)라는 뜻에서 슬치라고 하지 않았을까 싶습니다. 반대로 알을 밴 뱅어는 알치라고 하며, 아예 알을 배지 않은 방어는 정치라고 합니다. 슬치처럼 뱃속에 알이 들지 않아 배가 홀쭉한 물고기는 홀태라고 부릅니다.

'슬다'라는 말에는 여기저기 아무렇게나 알을 낳는다는 뜻도 담겨 있는데, 그렇다면 은어는 알을 '슬지' 않습니다. 산란기인 가을 무렵에 강 하류 여울로 내려와 정성스레 산란장을 만들기 때문이고, 이 산란장을 우리말로는 붓자리라고 합니다. 조기가 알을 낳는 일과 관련해서는 날사리, 묵사리라는 낱말이 있습니다. 조기 떼가 연안에서 알을 낳은 뒤에 먼 바다로 나가는 일이나 그 시기를 날사리라고 하며, 반대로 알을 낳으려고 연안에 머무르는 일이나 그 시기를 묵사리라고 합니다.

물고기 알 자체를 가리키는 낱말도 있습니다. 비웃알은 청어 알을 뜻하며, 고지는 명태 알을 비롯해 이리, 내장을 통틀어 이릅니다. 물고기뿐만 아니라 파리와 이의 알을 가리키는 이름도 있습니다. 파리의 알은 쉬, 이의 알은 우리가 잘 아는 서캐입니다. 쉬는 '쉬+슬다'를 한 낱말로 쓰기도 합니다.

자연 낱말 찾기는 꼭 '숨은 사랑스러운 낱말 찾기' 같습니다. 요즘은 잘 쓰지 않아 눈에 띄지 않지만 유심히 들여다보면 구석구석에서 앙증맞은 낱말을 찾을 수 있습니다. 아옹개비처럼요. 길 가다가 고양이를 만나면 야옹아, 아니면 고냥아, 라고 불렀는데 앞으로는 아옹개비야, 라고도 불러 줘야겠습니다. 비록 이제 어린아이는 아니지만요.

고양이 애칭 가운데 가장 인상 깊은 건 살찌니(살찐이)입니다. 고양이를 이르는 경상도 사투리로 국어사전에 비규범 표기로 올라 있습니다. 다만 요즘은 경상도에서도 아주 흔히 쓰는 것 같지는 않습니다. 저도 경상도에서 나고 자랐지만 얼마 전에야 책을 보고 알았거든요.

살찌니 하면 호리호리하고 날렵하고 도도할 것 같은 고양이보다는 오동통하니 살집이 오르고 세상 느릿느릿

# 아옹개비
어린아이가 고양이를 이르는 말

하며 왠지 넉살스러울 것 같은 '돼냥이'가 떠올라 배시시 웃음살이 퍼집니다. 지브리 스튜디오 애니메이션 〈귀를 기울이면〉에 나오는 고양이 '문'이 경상도에 있었다면 딱 살찌니로 불렸을 것 같아요. 그런데 반전(?)은 살찌니가 살찐 고양이를 뜻하는 말이 아닐 수도 있다는 점입니다. 「부산 방언의 어원 연구(1)」에서는 살찌니를 삵+진(陳)+이, 그러니까 '삵을 길들인 것'으로 풀이합니다. 고양이를 가리키는 다른 말로 나비도 있습니다. 폴짝폴짝 담도 잘 넘고 나무도 잘 타는 날랜 몸짓이 꼭 나비 같아서 그리 부르나 했더니 날랜 모양에서 온 말은 맞는데 빗댄 대상이 나비가 아니라 원숭이였습니다. 원숭이를 이르는 옛말 '납'에다가 끝가지(접미사) '-이'가 붙은 '납이'가 변해서 나비가 되었다고 하네요.

# 여름잠

동물이 극심한 더위와 건조기를 피하고자
여름철에 일정 기간 동안 자는 잠

뭍에서 살아가는 동물에게는 먹이를 구하기 어렵고 몸
이 버티기 어려울 만큼 기온이 떨어지는 겨울이 가장 혹
독한 계절일 겁니다. 대부분 야생 동물이 겨울을 힘겹게
나고, 곰이나 박쥐, 개구리나 뱀 같은 일부 동물은 살아
남고자 아예 겨울잠에 들지요.

사는 지역이나 몸 상태에 따라 마찬가지 이유(먹이 부족,
큰 기온 변화)로 한여름을 힘겨워하는 동물도 많습니다.
이 가운데 마다가스카르에 사는 여우원숭이나 남반구
에 사는 폐어 종류, 늘 몸을 축축하게 유지해야 하는 달
팽이나 몇몇 파충류(거북, 악어) 그리고 일부 곤충은 활동
을 멈추고 여름잠을 잡니다.

겨울잠이나 여름잠은 휴면의 한 종류입니다. 휴면이란 생존하기 어려운 환경에서 동식물이 활동이나 생장을 멈추는 일을 가리키며 동물에서는 겨울잠이나 여름잠 형태로, 식물에서는 씨앗, 홀씨, 겨울눈 형태로 나타납니다.

사람은 겨울잠이나 여름잠을 잘 수 없는 대신 먹거리를 생산, 저장하는 방법과 냉방, 난방 시스템을 고안해 냈습니다. 그래도 칼바람 앞에서 오들오들 떨며, 땡볕 아래서 땀을 삐질삐질 흘리며 하루를 꾸역꾸역 버텨야 하는 날에는 겨울잠과 여름잠을 자는 동물이 마냥 부럽기만 합니다.

# 열쭝이

겨우 날기 시작한 어린 새

어릴 때 살던 한옥에는 봄이면 제비가 찾아왔습니다. 해마다 헷갈리지 않고 우리 집을 찾아오는 것도, 올 때마다 마루 처마 같은 자리에 둥지를 트는 것도 참 신기했습니다(제비는 귀소성이 강해 매년 같은 지방으로 돌아와 같은 둥지를 손봐서 쓰는 일이 많다고 하네요).

제비가 머무는 동안 마루에는 늘 신문지 두어 장이 펼쳐져 있었습니다. 제비가 둥지 바깥으로 똥을 싸면 마룻바닥에 떨어졌거든요. 지금 생각해 보면 그다지 넓지 않은 마루에 널찍하니 신문지가 깔려 있으니 오며가며 다니기에 꽤 불편했을 텐데 그때는 그게 당연했습니다.

여섯 살 어쩌면 일곱 살이었을까요. 그날도 봄볕이 따사로이 내려앉은 마루에 혼자 나른히 앉아 있는데 갑자기 둥지에서 요란한 소리가 들리는가 싶더니만 툭, 하고 제비 열쭝이 한 마리가 마룻바닥으로 떨어졌습니다. 아마

옥작복작한 둥지 안에서 날개를 옴짝달싹하다가 둥지 바깥으로 떠밀린 모양이었습니다.

아무리 낮은 한옥이라고 해도 이제 막 날갯짓을 배우던 열쭝이에게 둥지가 있던 처마는 꽤나 높았습니다. 새된 소리로 울며 마루에서 파드닥거리는 모습이 어찌나 안쓰러워 보이던지요. 생각(!) 끝에 저는 혼자 낑낑대며 의자를 가져와 조심스레 열쭝이를 손에 담고는 의자에 올라섰습니다. 처마는, 열쭝이뿐만 아니라 예닐곱 살이었던 제게도 높았습니다. 그렇지만 어떻게든 열쭝이를 가족 품으로 돌려보내 주고 싶은 마음에 까치발을 하고는 부들부들 떨리는 팔을 더 위로, 더 위로 뻗는데, 아뿔싸! 흙과 지푸라기, 침을 섞어 지은 제비 둥지는 알과 새끼를 지키고 키우기에는 충분히 널찍하고 단단하겠지만,

사람 꼬맹이가 후들거리면서 새끼를 되돌려 놓기에는 몹시 좁고 물렀습니다. 열쭝이 한 마리를 구해 보겠다는 동심은 결국 제비 둥지를 통째로 부수는 참사를 일으키고 말았습니다.

그날 어마어마하게 울었던 기억이 납니다. 아마 태어나서 가장 크게 혼이 나 서러운 탓도 있었겠지만 처음으로 손에 담아 본 열쭝이의 온기, 떨림이 내내 잊히질 않거든요. 그 따듯하고 여린 생명을 구하기는커녕 내 손으로 해쳤다는 죄책감은 삼십여 년이 지난 지금도 완전히 떨쳐지지가 않네요. 열쭝이는 "겁이 많고 나약한 사람을 비유적으로 이르는 말"로 쓰기도 하는데요, 제 마음 사전에는 '오랜 시간이 지나도 미안한 대상'으로 올려놓아야 할 것 같습니다.

# 익더귀

암컷 새매

옛날에는 토끼 잡는 매를 가리켜 익더귀라고도 했으며, 새매 수컷은 난추니라고 부릅니다. 태어난 지 두 해가 지난 새매(또는 매)는 재지니, 산에서 태어난 지 여러 해가 지난 새매(또는 매)는 산지니라고 합니다.

북한에는 "새매도 오래면 꿩을 잡는다"는 속담이 있습니다. 어떤 분야를 처음에야 잘 알지 못하더라도 그 분야에 오래 있다 보면 지식과 경험이 쌓인다는 말로, 우리나라에서는 "솔개도 오래면 꿩을 잡는다"고 씁니다. 요즘도 자주 쓰는 "서당 개 삼 년에 풍월 읊는다"와 같은 맥락의 남북한 속담에 모두 수리 종류가 들어간 걸 보니, 옛날에는 개만큼이나 새매나 솔개도 흔했던 모양입니다.

새매는 이름 때문에 매 종류 같지만, 정확히 따지면 수리 종류입니다. 우리가 흔히 맹금류라고 부르는 새는 크게 수리와 매, 두 종류로 나눕니다. 수리과에는 새매를 비롯해 전체 맹금류의 대부분인 독수리, 수리, 말똥가리, 솔개, 개구리매 종류가 속합니다(매과에는 조롱이 종류, 새호리기, 매 등이 있습니다).

이 가운데 새매 종류는 크기가 중간쯤 되며, 눈동자가 노랗거나 붉고, 발톱이 길며 날카롭습니다. 먹잇감을 쫓아가 발톱으로 꽉 움켜쥐고 재빠르게 낚아챕니다.

# 작박구리

비스듬히 위로 곧게 뻗은 쇠뿔

수다쟁이 텃새 '직박구리' 오타인가 했습니다. 전혀 그
렇지 않다는 걸 알고 조금 머쓱한 한편 새삼 놀라기도
했습니다. 쇠뿔을 가리키는 낱말이 따로 있는지도 몰랐
지만 모양에 따라 종류도 꽤 여럿이었거든요.

한우 뿔은 대개 작박구리이고, 작박구리는 길이에 따라 다시 새앙뿔과 고추뿔로 나눕니다. 새앙뿔은 뭉툭하니 짧은 뿔을 가리키며, 여기서 새앙은 생강의 다른 말입니다. 짤막하니 돋은 뿔 생김새가 옛사람들 눈에는 생강처럼 보였나 봅니다. 고추뿔도 마찬가지입니다. 길쭉하니 곧게 뻗은 모양이 고추랑 비슷해 보였나 봐요.

반듯하게 뻗은 작박구리와 달리 뿔 끄트머리가 안으로 굽었으면 우걱뿔, 밖으로 굽었으면 송낙뿔입니다. 우걱뿔 중에서도 끝이 다시 밖으로 뒤틀려 있으면 자빡뿔이라고 합니다. 송낙뿔도 뿔 두 개가 모두 가로로 쭉 뻗어 있으면 그 모양이 홰 같다고 해서 홰뿔이라고 부릅니다. 송아지 뿔은 아직 덜 자랐기에 대개 새앙뿔로 보이며, 자라면서 뿔 모양이 달라집니다. 어릴 때 살던 마을에는 이따금 저 혼자 마을 어귀며 고샅을 아슬랑아슬랑하던 송아지가 있었습니다. 문득 다 자란 녀석의 뿔은 어떤 모양이었을지 궁금해지네요.

검은담비(잘)는 한반도 북부, 만주, 몽골, 시베리아 등에 살며, 북한에서는 천연기념물로 지정해 보호하고 있습니다. 대개 여름에는 검은색, 겨울에는 옅은 갈색을 띠는 털이 담비 털보다 보드라워서, 잘은 모피 중에서도 최고로 꼽힙니다. 그래서 해마다 검은담비 수천 마리 이상이 밀렵을 당합니다.

표준국어대사전에서 '잘'을 검색하면 이런 예문이 나옵니다. "부여의 귀족은 잘로 만든 갖옷을 입었다." 갖옷은 동물 털가죽으로 안을 댄 옷을 가리킵니다. 씁쓸하게도 사람 때문에 검은담비가 고초를 겪는 건 예나 지금이나 다를 바가 없네요.

기술이 발달하지 않아 생활에 필요한 모든 걸 자연에서

## 잘

검은담비 또는 검은담비의 털가죽

그대로 끌어와 살 수밖에 없었던 옛날에야 그렇다 쳐도, 이제는 그렇지가 않잖아요. 검은담비를 비롯한 야생 동물을 잔인하게 붙잡아서 털가죽을 벗겨 내지 않더라도 우리는 넘칠 만큼 따뜻한 옷을 충분히 만들어 낼 수 있습니다.

인터넷에서 검은담비 이미지를 검색하면 새하얀 눈밭에 있는 모습이 대부분입니다. 한반도에서만도 개마고원이나 백두산처럼 이름만 들어도 추운 지역에서 사니 당연하지요. 검은담비의 털이 유난히 보드랍고 가볍고 따뜻한 건 바로 이런 환경에서 제 몸을 보호하고자 해서지 인간의 보온이나 치장 때문이 아닙니다. 그러니 부디, 잘은 오롯이 잘을 위한 것으로만 내버려 두길.

# 찌러기

성질이 몹시 사나운 황소

찌러기라는 낱말에는 이런 풍경이 담겨 있는 것 같습니다. 눈 닿는 곳곳이 연둣빛으로 사분사분 물들어 가고 바람은 나긋나긋해지는 계절, 농부는 봄갈이를 하려고 소와 함께 논에 나왔습니다. 이제 쟁기를 부려 논을 갈아야 하는데 어라? 이 눔이 누가 찌러기 아니랄까 봐 아주 성질을 있는 대로 부립니다. 농부는 끙끙거리며 녀석을 이리 어르고 저리 달래 봅니다.

얼마나 많은 농부가 성격 사나운 황소 때문에 고생을 했으면 찌러기라는 낱말까지 생겼을까 싶다가도, 그런 풍경을 떠올리면 (찌러기 때문에 진땀 뺐을 농부에게는 미안하지만) 배시시 웃음도 납니다.

찌러기 말고도 성격, 생김새, 나이 등에 따라 소를 부르는 낱말이 여럿입니다. 부사리는 머리로 잘 받는 버릇이 있는 황소를 가리킵니다. 길치는 우리나라 남쪽 지방에서 나는 황소로, 대개 살집이 있고 윤기가 흐르나 억세지는 못하다고 하네요. 귀가 작은 소는 귀다래기라고 부릅니다.

송아지도 다 같은 송아지가 아닙니다. 아직 길들지 않은 어린 녀석은 부루기 또는 부룩송아지고요, 아직 덜 자란 수송아지는 따로 엇부루기라고 부릅니다. 뿔이 날 무렵 송아지는 동부레기입니다. 크기가 어른 소 중간쯤 자란 녀석은 어스러기 또는 어스럭송아지이고, 코뚜레를 꿰지 않고 목에 고삐를 맨 녀석은 목매기라고 부릅니다.

심지어 암소 배 속에 있는 새끼에게도 송치라고 이름 붙였습니다. 소를 아주 귀하게 여겼던 옛사람들 마음이 낱말 하나하나에 고스란히 담겨 있네요.

철사처럼 가느다란 연가시를 말하나 보다 생각했습니다. 그런데 철벌레에서 철은 한자말 쇠 철(鐵)이 아니라 계절이나 시기를 나타내는 우리말 '철'이었습니다. 그러니까 어떤 한 종을 가리키는 게 아니라 계절에 따라 나오는 벌레를 통틀어 이르는 낱말인 거죠.

일본어에는 계절어(季語)라는 말이 있습니다. 계절감을 나타내는 낱말을 뜻하며, 일본 전통 시 하이쿠에는 5·7·5 형식(3구 17음)으로 써야 한다는 것과 더불어 반드시 계절어가 들어가야 한다는 규칙이 있습니다. 하이쿠를 알았을 때 저는 이 계절어라는 개념이 참 마음에 들었습니다. 자연을 바라보는 은근한 태도가 담긴 듯해서요.

# 철벌레

철 따라 나오는 벌레

계절을 상징하는 낱말을 알려면 계절이 바뀔 때마다 어떤 변화가 일어나는지 유심히 들여다봐야 하니까요.

그런데 우리나라에도 이런 낱말이 있었다니! 와락 반가우면서도 조금 부끄러워졌습니다. 멧팔랑나비가 팔랑팔랑 나니 봄이 왔구나, 말매미가 차르르르 외쳐 대니 여름이 한창이구나, 왕귀뚜라미 소리가 한결 또랑또랑하니 가을이 깊었구나 했을 그 풍경, 작은 벌레의 몸짓에 눈길 주고 소리에 귀 기울이다 철벌레라고 이름 붙였을 그 마음이 이렇게나 가까이에 있었다는 걸 까맣게 모른 채 다른 나라 낱말에서만 정취를 찾았다는 사실이에요.

# 칭퉁이

큰 벌을 통틀어 이르는 말

바로 이 칭퉁이라는 낱말 때문에 저는 자연에서 우리말 찾는 작업을 해야겠다고 마음먹었답니다!

'큰 벌'하면 말벌처럼 매섭고 위험한 벌만 떠오르지, 뒤영벌처럼 덩치는 크지만 순둥이인 벌은 연상되지가 않았습니다. 그런데 칭퉁이는 글자 생김생김도 그렇고, 발음도 그렇고, 오동보동한 엉덩이만 내놓은 채 온몸에 꽃가루를 묻히고는 정신없이 꽃가루와 꿀을 먹는 뒤영벌 모습과 그렇게 찰떡일 수가 없더라고요. 낱말이 이토록 못 견디게 사랑스러울 있다는 걸 칭퉁이 덕분에 깨달은

거죠!

참, 아무리 생김새가 몽실몽실하고 실제 성격도 순둥순둥해서 침을 쓰는 일이 거의 없는 칭퉁이라도 벌은 벌입니다. 그것도 큰 벌이요. 그러니 포동포동한 궁둥이를 들썩거리며 꽃가루를 뒤집어쓴 모습이 눈물 날 만큼 귀엽더라도 함부로 만지지는 말아야 합니다. 특히 뒤영벌은 마음만 먹으면(순해서 그럴 일이 거의 없다고는 하지만) 독샘이 마를 때까지 몇 번이고 침을 쏠 수 있다고 하니까요.

팥을 좋아하는 망아지를 가리키나 했더니 뜻밖에도 나비목 곤충 애벌레를 나타내는 낱말이었습니다. 몸은 대개 원기둥꼴이며 초록색이고, 콩이나 팥 같은 콩과 식물 잎을 먹어서 콩망아지라고도 부릅니다.

세줄콩들명나방 팥망아지는 팥잎을 말아 붙이고 그 안에 살며 잎을 갉아 먹어서 콩과 식물 주요 해충으로 꼽힌다고 합니다. 역시나 콩과 식물 주요 해충인 콩명나방 애벌레는 팥잎이 아니라 팥꼬투리를 먹는데, 팥망아지라 불러도 될지 궁금하네요. 사전에는 오르지 않았지만 박각시 애벌레는 깻망아지라고도 부릅니다.

이처럼 애벌레 이름 중에는 전혀 어른벌레를 미루어 볼 수 없거나 아예 애벌레를 가리키는지도 모를 이름이 많습니다. 이를테면 암탈개비는 모시나비 애벌레, 가위좀

# 팥망아지

나비와 나방 애벌레 가운데 자벌레,
배추벌레와 털이 있는 종류를 뺀 모든 애벌레

은 줄점팔랑나비 애벌레, 풀쐐기는 불나방 애벌레를 가리킵니다. 학배기는 잠자리 애벌레, 노랭이는 물잠자리 애벌레, 개미귀신은 명주잠자리 애벌레를 이릅니다. 고자리는 잎벌레 애벌레, 며루는 각다귀 애벌레, 초눈은 초파리 애벌레 이름입니다.

어쩌면 평생 모르고 살았을 이런 낱말들을 알아 갈 때마다 김춘수 시인의 「꽃」이 떠오릅니다. 제게는 그저 "하나의 몸짓"에 지나지 않았을 많은 생물이 옛사람들에게는 "잊혀지지 않는 하나의 눈짓"이었겠구나 싶어서요. 앞으로 제 안에서도 조금 더 많은 '꽃'이 필 수 있도록 더욱 살뜰히 자연을 들여다보고 그 안에 깃든 낱말을 찾아봐야겠습니다.

# 하릅

나이가 한 살 된 소, 말, 개 따위를 이르는 말

한습이라고도 합니다. 두 살을 먹으면 이듭·두습, 세 살은 사릅·세습 또는 사릅잡이라고 합니다. 네 살은 나릅, 다섯 살은 다습, 여섯 살은 여습, 일곱 살은 이롭, 여덟 살은 여듭, 아홉 살은 구릅·아습, 열 살은 열릅·담불이라고 부릅니다.

흔히 철모르고 함부로 덤비는 경우를 빗대 "하룻강아지 범 무서운 줄 모른다"고 하는데요, 여기서 하룻강아지는 '하릅강아지'가 변한 말입니다. 국어사전에는 하릅강아지말고도 하릅송아지, 하릅망아지가 올라 있습니다. 그런데 신기하게 하릅비둘기도 올라 있더라고요.

나이를 세는 낱말이 따로 있다는 건 한 살 한 살 먹는 걸 지켜볼 만큼 그 동물이 중요하거나 친숙하다는 뜻이겠지요. 그런 맥락에서 하릅강아지, 하릅송아지, 하릅망아지라는 낱말이 있는 건 절로 이해가 되지만 하릅비둘기는 고개가 갸웃합니다. 중요성이나 친숙함으로 따지자면 닭이나 꿩, 오리 아니면 참새나 제비, 까치나 까마귀, 매 같은 새가 올림말로 더 어울릴 듯한데, 의외로 옛사람들은 비둘기도 꽤나 친근하게 여겼던 걸까요?

# 하늘가재

사슴벌레 무리를 통틀어 이르는 말

하긴 사슴벌레 큰턱이 가재 집게다리와 닮았고, 나무에 붙어 있거나 날아다니기도 하니 하늘가재라 부를 만합니다. 국어사전에는 톱사슴벌레가 쇠뿔하늘가재, 홍다리사슴벌레가 홍다리하늘가재, 왕사슴벌레가 왕하늘가재로 올라 있기도 합니다.

사슴벌레의 가장 큰 매력은 역시 멋들어진 큰턱이지요. 큰턱은 수컷끼리 먹이와 암컷을 두고 싸울 때 쓰는 무기이기 때문에 종마다 특징이 다릅니다. 애벌레일 때 잘 먹을수록 큰턱 모양도 잘 나오고, 같은 종이더라도 몸집에 따라서 큰턱 모양이 달라지기도 합니다. 암컷도 큰턱이 있기는 하지만 대부분 크기가 작아 거의 눈에 띄지 않습니다. 물론 예외로 원표보라사슴벌레처럼 수컷인데도 큰턱이 두드러지지 않는 종도 있고요.

사슴벌레는 알, 애벌레, 번데기, 어른벌레 단계를 모두 거치며(완전탈바꿈), 자연에서는 보통 1~2년을 삽니다. 우리나라에 사는 사슴벌레(16종)는 대부분 여름에 어른벌레로 활동합니다. 겨울이면 암컷이 여름에 낳은 알에서 깨어난 애벌레나 번데기 허물을 벗은 어른벌레 상태로 땅속이나 썩은 나무속에서 겨울잠을 잡니다.

자연에서 줍다

가랑비는 알았어도 가랑눈은 몰랐네요. 여기서 앞가지 (접두사) '가랑-'은 잘게 부서지는 것을 뜻한다는 의견과 안개를 뜻하는 우리말 'ㄱ ㄹ'에서 왔다는 의견이 있습니다. 가랑눈은 흐릿하게 흩어지듯 내리니 두 의견 모두 설득력이 있네요. 어찌씨(부사) 가운데 '가랑가랑'은 "숨이 거의 끊어질 듯하면서 가늘게 남아 있는 소리 또는 그 모양"을 가리키는데요, 가랑눈 내리는 모습과도 닮았지요?

## 가랑눈

조금씩 잘게 내리는 눈

가랑눈과 비슷한 낱말로 가루눈이 있습니다. 기온이 낮고 수증기가 적을 때 말 그대로 가루처럼 내리는 눈입니다. 빗방울이 갑작스레 찬바람을 만나 얼어 떨어지며, 그 모양이 꼭 쌀알 같은 싸라기눈도 있어요. 그래서 그냥 싸라기라고도 해요. 참고로 물방울이 공중에서 느닷없이 찬 기운을 만나 얼어 떨어지는 덩어리는 누리라고 합니다. 바로 우박의 순우리말이지요. '비와 섞인 눈'하면 또 퍼뜩 떠오르는 낱말이 진눈깨비입니다. 진눈깨비는 빗방울이 얼어 떨어진 알갱이인 싸라기눈과 달리 비가 섞어 추적추적 내리는 눈을 가리킵니다.

가랑눈, 가루눈, 진눈깨비도 운치가 있지만, 언제나 가장 바라는 건 역시 탐스럽게 펑펑 쏟아지는 함박눈이지요. 올 겨울에는 눈 풍년이 들어서 세상을 순식간에 겨울 왕국으로 바꿔 버리는 상고대도 원 없이 보고, 깨끔한 숫눈도 한껏 즐길 수 있으면 좋겠습니다.

# 개부심

장마로 큰물이 난 뒤, 한동안 쉬었다가
다시 퍼붓는 비가 명개를 부시어 냄 또는 그 비

개부심에서 '개'는 "갯가나 흙탕물이 지나간 자리에 앉은 검고 고운 흙"인 명개를 가리킵니다. 명개가 앉을 만큼 큰비가 내렸는데 이 명개가 부스러질 만큼 다시 큰물이 지는 상황을 생각하니, 2020년 여름이 떠올랐습니다. 기상 관측 사상 장마가 가장 길었던 데다 태풍까지 연이어 발생했었으니까요. 2020년 여름이야말로 내내 개부심이었던 셈이지요.

안타깝고 염려스러운 건, 이런 개부심이 2020년만의 특별한 기후 현상이 아니라 일상이 될지도 모른다는 사실입니다. 우리는 기후 변화를 넘어 기후 위기라 불리는 시대를 살고 있으니까요.

소 잃고 외양간 고치는 격입니다만, 우리나라를 비롯해 전 세계 많은 나라에서 이 위기를 극복하고자 여러 모로 대응 방안을 마련하고 있습니다. '개부심하다'는 "아주 새로워지거나 새롭게 하는 것을 비유적으로 이르는 말"입니다. 현재 지구 상황을 생각하면 너무 태평한 소리일 수 있겠으나, 그렇더라도 부디 모두가 함께 애써 이 위기를 극복해 세상이 개부심해질 수 있기를 간절히 바랍니다.

# 구름

하늘에 퍼진 수분이 서로 엉기면서 미세한 물방울이나
얼음 알갱이로 떠 있는 것

땅에서 올려다본 구름은 세상 몽실몽실하고 보들보들한 타래 같아서 구름이 물방울이나 얼음 알갱이 덩어리라는 사실을 처음 알았을 때는 어린 마음에 꽤 충격을 받았던 기억이 납니다.

구름은 기상 현상에 따라 제각각 다른 모양으로 나타나 "하늘을 읽는 기호"라고도 불리지요. 우선 수직으로 나타나는 것(적운)과 수평으로 나타나는 것(층운)으로 나눌 수 있습니다.

적운은 한여름 오후처럼 맑고 더운 날 많이 나타납니다. 우리가 흔히 아는 조각구름이 대표 적운입니다. 날이 더욱 뜨거워지면 적운은 다시 뭉게구름 같은 적란운으로 발달하고요. 쌘비구름은 조각구름보다는 낮게 뜨며, 구름 위쪽은 산 모양으로 솟고 아래쪽은 비를 머금고 있습니다. 물방울과 얼음 알갱이로 이루어져 우박이나 소나기, 천둥을 몰고 오는 일이 많습니다.

층운은 구름이 생기는 높이에 따라서 다시 상층운, 중층운, 하층운으로 나눕니다.

상층운은 고도가 6,000미터 이상으로 높은 곳에서 생기며, 주로 얼음 알갱이로 이루어집니다. 새털구름(권운), 비늘구름(권적운), 무리구름(권층운)이 여기에 속하며, 이런 구름을 통틀어 위턱구름이라고 합니다. 비늘구름은 이따금 작은 구름 덩어리가 고르게 배열되어 양떼구름 모양을 띠기도 합니다. 비늘구름과 무리구름 주변에서 생기는 햇무리구름은 온 하늘을 얇게 뒤덮는 모양으로, 이름처럼 햇무리와 더불어 달무리를 잘 일으킵니다. 중층운은 고도 6,000~2,000미터에서 대개 양떼구름(고적운, 고층운)으로 나타납니다. 양떼구름은 비늘구름보다는 하나하나 덩어리가 큽니다.

하층운은 고도 2,000미터 이하에서 생기는 구름을 가리킵니다. 대부분 물방울로 이루어지고 수증기가 많은 고도에서 두껍게 나타나기에 비구름이 될 가능성이 큽니다. 밑턱구름(충적운과 충운), 두루마리구름, 안개구름 등이 여기에 속합니다. 두루마리구름은 낮에는 구름 꼭대기에서 적운으로 발달했다가 저녁 무렵 기세가 약해지며 내려옵니다. 안개구름은 안개처럼 땅에서 가장 가까운 높이에서 생기며, 비 내리는 날 산간 지대나 맑은 날 아침 평야 지대에서 많이 볼 수 있습니다.

# 꽃달임

진달래꽃이 필 때 그 꽃을 따서 전을 부치거나
떡에 넣어 여럿이 모여 먹는 놀이

깊은 산마을에서 나고 자라 그런지 저는 또래에 비해 옛 풍습을 꽤 많이 경험했습니다. 꽃달임도 그중 하나인데요, 진달래꽃전을 부쳐 먹는 일에 이렇게 예쁜 이름이 있는 줄 그때는 미처 몰랐네요.

마을을 뺑 둘러싼 산이 연분홍빛으로 물들 무렵이면 저는 누가 시키지 않아도 산에 올라 진달래꽃을 땄습니다. 그러다 이따금 꽃잎을 따 먹기도 했어요. 야들야들한 진달래꽃잎은 약간 시큼하면서도 싱그러운 맛이 났지요. 진달래꽃을 한아름 안고 집으로 돌아오면 그때부터 꽃달임이 시작됩니다. 찹쌀가루 반죽을 자그마니 동글동글하게 빚은 다음, 기름 두른 팬에 올려 꾹 누릅니다. 반죽이 적당히 익었다 싶을 때 꽃잎을 곱게 하나하나 얹습니다. 사실 꽃전 자체가 썩 맛이 있지는 않았어요. 그도 그럴 것이 재료라고는 소금만 살짝 넣고 간한 찹쌀가루와 꽃잎뿐이었으니까요. 그래도 연분홍빛 봄을 곱게 얹은 꽃전을 한 입 베어 물면 입 안에도 환하게 봄이 피는 듯해서 저는 꽃달임이 마냥 좋았습니다.

# 나락밭

논

나락(벼)이 자라는 밭이니, 곧 논입니다. 바닥이 깊고 물길이 좋아 기름진 논은 고래실(고래실논), 구레논, 고논이라고 합니다. 깊드리는 바닥이 깊은 논을 가리킵니다. 이런 논을 바라보는 농부 마음은 얼마나 풍성했을까요? 벼농사를 지을 때 특히 중요한 게 물을 대는 일이지요. 물을 쉽게 댈 수 있는 논은 진논, 무논이라고 부릅니다. 무논은 물이 괸 논을 가리키기도 하고요. 골짜기에 있어서 물을 대기가 편한 논은 골채라고 합니다.

반면 자갈이나 모래가 많고 갈이흙이 얕아 물이 쉽게 새는 논은 시루논이라고 합니다. 갈이흙은 농사짓기에 적당한 땅이나 흙을 가리킵니다. 엇논은 물이 모자란 논을 뜻합니다. 수렁처럼 무른 개흙으로 이루어진 수렁논에서도 농사짓기는 쉽지 않았겠지요. 갯논은 갯벌에 둑을 쌓고 만든 논입니다. 소금기가 많고 땅이 메말라서 모를 심기에는 알맞지 않아 볍씨를 직접 뿌립니다. 대개 갯벌이 많은 서해안에서 볼 수 있어요.

제철보다 일찍 여무는 올벼를 심은 논은 오려논이고요, 따로 물을 댈 수 없어 빗물로만 벼농사를 지을 수 있는 논은 하늘바라기라고 합니다. 미나리꽝은 미나리를 심는 논을 말합니다. 모를 심었으면 김매기도 해 줘야지요. 처음 김을 맨 논은 애벌논, 두 번째로 김을 맨 논은 두벌논, 세 번째로 김을 맨 논은 세벌논입니다.

논이 있는 자리에 따라서도 이름이 달라집니다. 넓고 평평한 벌에 있는 논은 벌논, 샘가에 있으면 샘논입니다. 비탈진 곳에 있어 물이 고이지 못하고 곧장 흘러내리는 논은 어레미논입니다. 움푹 팬 곳에 있으면 구렁논 또는 구렁배미라고 합니다. 집터에 딸리거나 마을 가까이 있는 논은 텃논인데요, 텃밭과 같은 개념이네요.

배미라고도 합니다. 배미는 구획진 논을 세는 단위로도 쏩니다. 아마 예닐곱 살 무렵이었을까요, 우리 마을에서도 경지 정리가 이루어졌습니다. 경지가 정리되기 전, 배미마다 모양이 달랐을 비뚤배뚤한 논 풍경은 너무 어렸던 탓에 기억이 어렴풋합니다. 그래서 아주 오래도록 제게 논은 배미 하나하나로 나뉜 땅이 아니라 그저 너르기만 한 벌이었습니다. 분명 논두렁 이쪽과 저쪽으로 경계가 나뉘어 있었겠지만 반반하게 다듬어진 논에 모를 심고 나면 논은 곧 키 작은 연둣빛, 초록빛, 황금빛 숲으로 바뀌어 두렁이 아예 보이질 않았거든요.

# 논배미
논두렁으로 둘러싸인 논 하나하나의 구역

그러다 몇 해 전, 청산도에서 '다랑치논'을 보고서 알았습니다. 논은 하나하나 구역으로 나뉜 땅이라는 사실을요. 태어나서부터 열댓 살 무렵까지 줄곧 논을 보고 자랐지만 그때 처음으로 논배미라는 개념이 제 몸에 와 닿았습니다. 다랑치는 "산골짜기 비탈진 곳 따위에 있는 계단식으로 된 좁고 긴 논배미"를 가리키는 다랑이의 전라도 말입니다. 청산도 다랑치논은 구들장논이기도 합니다. 청산도는 지형이 가파르고 물이 쉬이 빠져 벼농사를 짓기에는 어려운 환경으로(어레미논이기도 하네요), 이런 점을 보완하고자 산비탈을 깎아 땅을 평평하게 다지고 그 위에 구들장처럼 얇고 넓은 돌을 촘촘하게 박았습니다.

글자로 쓰고 보면 몇 자 아니지만 실제 산을 깎고 땅을 다지고 구들장 같은 돌을 고르고 옮기고 박았을 과정을 생각하면 여간 고단한 일이 아니었겠지요. 그래서 제각각 물결치듯 구부러진 청산도 다랑치를 떠올리면 논배미라는 개념뿐만 아니라 척박한 환경에서도 포기하지 않고 새로운 길을 내는 삶, 그 삶이 빚어내는 유일한 아름다움에 대해서도 생각하게 됩니다.

# 논틀밭틀

논두렁이나 밭두렁을 따라 난 좁은 길

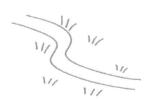

저는 산책을 참 좋아합니다. 그저 걸으며 하늘을 올려다보고 주변을 둘러보고 바람을 쐬고 볕을 쬐는 이 특별할 게 없는 일이 왜 이다지도 좋을까 곰곰 생각해 보니 어릴 적 기억 때문인 것 같습니다.

초등학교를 졸업할 때까지 거의 매일 걸어서 학교를 오갔습니다. 집에서 학교까지 30분이 넘게 걸렸으니 꽤 먼 거리였는데도 한 번도 지루하다고 느낀 적이 없습니다. 제가 늘 오가는 올통볼통한 논틀밭틀과 둘레 풍경은 매일매일이 달랐거든요.

봄이면 보랏빛 제비꽃이 논두렁이며 밭두렁이며 올망졸망 피었습니다. 쪼그리고 앉아 꽃잎에 또렷이 그어진 줄무늬를 들여다보고 있으면 보드레한 꽃바람이 제 등을 가만가만 쓸어 주었습니다. 날이 제법 훗훗해지는 초여름이면 두둑에 퍼더버리고 앉아 토끼풀 꽃으로 화관을 만들었습니다. 토끼풀을 줄기째 꺾은 다음, 줄기 윗부분을 손톱으로 살짝 찍어 틈을 내는 일에 얼마나 고부라졌는지 모릅니다. 자칫 힘을 세게 주면 줄기가 찢어져 꽃이 톡 떨어져 버리곤 했거든요.

논틀밭틀에서 가장 오래 머무르는 계절은 가을이었습니다. 산들산들한 초가을 바람 건들마에 하늘하늘하는 갖가지 빛깔 코스모스를 보는 것도 좋았고, 색바람을 따라 유유히 코스모스 꽃잎에 앉은 고추좀잠자리를 잡으려고 살금살금 다가가는 것도 좋았고, 그런 낌새를 금세 알아채고는 새파란 물이 뚝뚝 떨어질 것 같은 하늘로 녀석이 포르르 날아가 버리는 걸 물끄러미 바라보는 것도 좋았습니다. 그러다가 풍성한 볕을 받으며 고요하게 익어 가는 벼 냄새를 한껏 들이마셔 온몸에 가을을 한가득 채우는 것도 무척이나 좋았습니다.

산자락에 자리 잡은 마을이라 겨울이면 눈이 참 많이도 왔습니다. 밤새 함박눈이 내린 다음 날이면 논틀밭틀은 온 데 간 데 없이 사라졌기에 해말간 숫눈을 밟으며 그저 제가 가고 싶은 대로 걸으면 그만이었습니다. 발밑에서 눈이 보슬보슬 무너질 때 나던 소리가 좋아 한 걸음 한 걸음 사뿐사뿐 내딛던 기억이 나네요.

# 눈석임

쌓인 눈이 속으로 녹아 스러짐

오래된 한옥에 살던 어린 시절, 목이 말랐는지 화장실이 가고 싶었는지 한밤중에 잠에서 깬 날이었습니다. 꽁꽁 얼어붙은 문고리를 살짝 잡아당겨 세살문을 열고 마루로 나갔습니다. 쨍하고 깨질 듯 맑고 차가운 겨울 밤공기가 코끝부터 찡하게 울렸습니다. 온몸을 뒤덮듯 들이닥친 추위를 애써 털어 내려 몸을 부르르 떨다 고개를 들었는데 글쎄, 마루 섬돌에서부터 온 마당이 새하얬습니다. 잠결이라 처음에는 달이 유독 밝은가 싶었습니다. 달 밝은 밤이면 환한 조명을 켜 놓은 것처럼 마당이 훤했으니까요. 눈을 비비며 섬돌을 밟고 마당으로 내려와 보니 달빛이 아니라 함박눈이 선물처럼 내리고 있었습니다. 눈은 이미 어린 제 무릎만큼 쌓여 있었고요. 서른 해쯤 전에 본 풍경이지만 지금도 어젯밤에 본 것처럼 또렷하게 기억합니다. 그토록 아름다운 밤을 마주한 건 그때가 처음이었거든요.

한밤에 잠에서 깬 이유도, 내복 바람이라 오들오들 떨렸을 텐데 추운 것도 까맣게 잊은 채 한참이나 넋을 놓고 눈 내리는 밤을 바라봤습니다. 그러다 어디선가 어떤 소리가 들려왔습니다. 소리 없이 내리는 눈 소리마저 들릴 듯 고요한 밤이었는데 말이지요. 토끼마냥 귀를 쫑긋 세우고 소리에 귀 기울였습니다. 정확하게 스윽, 이라고 들리지는 않았지만 '스윽'이라는 글자가 주변에 툭, 하니 무심하게 쌓여 있을 것 같은 소리였습니다. 그러나 결국 어디서 나는 소리인지는 알아내지 못했습니다.

소리의 정체를 안 건 아주 오랜 시간이 흐른 뒤, 사전에서 눈석임 뜻풀이를 찾았을 때였습니다. 뜻을 알자마자 눈석임은 삼십 년 세월을 건너 눈 내리던 밤으로 저를 데려갔습니다. 그리고는 그 밤에 제가 들었던 소리가 포슬포슬한 함박눈이 고즈넉이 쌓이다가 제 속에서 함초롬히 녹아 스러지던 소리라고 가만가만 일러 주었습니다. 눈석임이라는 낱말 덕분에 그 자체로도 무성 영화처럼 아름답던 밤은 더욱이 오롯해졌습니다.

안개비는 마치 안개인 듯 빗줄기가 거의 보이지 않는 비를 가리킵니다. 이슬비는 안개비보다는 빗발이 굵으며, 꼭 수줍은 새색시처럼 소리 없이 내린다고 해서 색시비라고도 합니다. 빗발이 보슬보슬 끊어지는 비는 보슬비이며, 부슬비는 보슬비보다는 빗발이 굵어 부슬부슬 내리는 비입니다. 이슬비와 보슬비를 가리켜 가랑비라고 하고요.

빗줄기가 가느다랗고 길게 금을 긋듯이 내리면 실비, 비스듬하게 비끼면서 내리면 날비입니다. 이렇게 잘게 내리는 비는 모두 잔비에 속합니다. 포슬포슬 내리는 모양이 가루 같으면 가루비, 싸라기 같으면 싸락비입니다. 빗줄기가 똑똑하게 보일 만큼 굵고 세차게 내리는 비는

# 는개

안개비보다는 조금 굵고 이슬비보다는 가는 비

발비입니다. 작달비(자드락비), 장대비, 주룩비, 채찍비가 발비이며 모두 주룩주룩 내리지요. 땅을 다질 때 쓰는 쇳덩어리나 나무토막을 달구라고 하며, 마치 땅을 다지고 짓누르듯이 거세게 내리는 비는 달구비라고 합니다. 하늘에서 물을 냅다 퍼붓듯이 쏟아지는 비는 억수입니다.

이제 그치나 저제 그치나 기다려야 할 만큼 오래도록 내리는 비는 궂은비, 소리 소문 없이 밤에 슬쩍 내리는 비는 도둑비입니다. 좍좍 내리던 비가 막 그치고 아직 공기에 물기가 남아 있는 상태는 웃비라고 합니다.

모를 다 심을 만큼 넉넉하게 내리는 비는 못비, 모를 심을 무렵 한바탕 쏟아지는 비는 목비입니다. 초여름, 누에가 섶에 오를 즈음에 시작되는 장마를 고치장마라고 합니다. 자연 낱말을 찾다 보면 이처럼 옛사람들의 일상생활에 맞춰 생긴 낱말이 많습니다. 요즘이라면 어떤 낱말이 나올 수 있을까 한번 생각해 봤습니다. 미세 먼지가 한참 심할 때 내려 공기를 조금이나마 깨끗하게 해주는 비? 기후 변화로 대기가 불안정해지면서 갑작스레 앞이 보이지도 않을 만큼 들이붓듯이 쏟아지는 비? 음, 어쩐지 슬프네요.

# 달기둥

달이 물에 비칠 때 물결로 말미암아 길어진 달그림자

이따금 달을 보러 갑니다. 슈퍼문이나 스트로베리문처럼 특별한 달이 뜬다는 소식을 들으면 웬만하면 꼭 나가고요, 그렇지 않더라도 달이 보고 싶은 날이면 하늘을 올려다봅니다.

달이 찬 모양에 따라서 보름달, 반달, 눈썹달은 구분할 수 있는데, 이 눈썹달이 초승달인지 그믐달인지 모양만 보고는 늘 헷갈리더라고요. 고개를 갸웃하다가 그날이 초승(음력으로 초하루)에 가까운지, 그믐(음력으로 마지막 날)에 가까운지를 따지고서야 둘을 구분합니다(조금 더 정확하게 말하면 그믐달은 그믐 무렵 새벽에 떠서 해 뜨기 직전까지 동쪽 하늘에 걸려 있는 달이고, 그믐 즈음 늦은 밤하늘에 떠 있는 달은 늦달이지만요). 모양으로 따지면 초승달은 오른쪽 귀퉁이부터 차오른 눈썹달이고, 그믐달은 이지러져 왼쪽 귀퉁이만 남은 눈썹달입니다. 눈썹달은 생김새 때문에 갈고리달이라고도 합니다.

국어사전에 봄달도 올라 있기에 와락 반가운 마음이 들어 내친 김에 여름달, 가을달, 겨울달도 찾아봤는데 아쉽게도 없더라고요. 포근하고 달크무레한 봄밤을 거니는 달, 더디게 식어 활기찬 여름밤에 나온 달, 쓸쓸히 깊어지는 가을밤에 걸린 달, 오래도록 그윽한 겨울밤에 머무는 달이 다 다른데 왜 봄달만 올림말로 실렸는지 궁금합니다.

달맞이로 제가 가장 아끼는 풍경은 달빛이 물에 비치어 반짝반짝하는 풍경입니다. 저 혼자서는 내심 그 광경을 달이 물에 길을 낸 것 같다고 해서 '달길'이라고 불렀는데, 사전에는 달기둥으로 올라 있더라고요. 물 위에 길게 달그림자가 드리워진 모습이 꼭 달이 물에다 반짝이는 기둥을 세운 듯도 하네요.

참, 달안개라는 것도 있대요. "달밤에 끼는 안개 또는 뿌연 달빛 아래 먼빛이 안개처럼 보이는 것"이라는데, 실제로 보면 꽤나 낭만적이겠어요.

# 달돋이

달이 떠오르는 현상 또는 달이 막 떠오르는 무렵

해돋이는 알았는데 달돋이는 몰랐습니다. 해는 수평선에서, 산등성이에서, 건물 사이에서 기지개를 켜며 까맣게 잠든 세상을 환하게 깨우기에 돋는 걸 또렷하게 알지만 달은 별다른 기척 없이 올려다보면 어느새 하늘에 걸려 있으니까요. 그렇지만 달돋이라는 낱말이 있는 걸 보면 조용한 달도 분명 켜짐 스위치를 탁, 하고 누른 것처럼 돋아나는 순간이 있는 거겠죠. 달의 눈동자에 불이 켜지는 그 순간을 꼭 한번 제대로 보고 싶네요.

해넘이는 알았는데 달넘이는 또 몰랐습니다. 역시나 해는 수평선 위, 산등성이 너머, 건물 사이 하늘을 제가 지닌 온갖 고운 빛깔로 물들이기에 넘어가는 걸 또렷하게 알지만 달은 하늘을 올려다보면 어느새 이미 창백한 얼굴로 이울어 있으니까요. 그렇지만 달넘이라는 낱말이 있는 걸 보면 해쓱한 달도 분명 밤새 켜 두었던 스위치를 탁, 하고 누른 것처럼 넘어가는 순간이 있는 거겠죠. 그러고 보니 달넘이가 지나면 해돋이가 시작되고 해넘이가 지나면 달돋이가 시작되네요. 각기 풍경만큼이나 가리키는 낱말도 어쩜 이렇게 고울까요.

# 달마중

음력 정월 대보름날 또는 팔월 보름날 저녁에 산이나
들에 나가 달이 뜨기를 기다려 맞이하는 일

지금이야 명절하면 대개 설날과 추석만 쇠지만 제가 어릴 때만 해도 정월 대보름 역시 꽤 큰 명절로 여기며 기념했습니다. 대보름 아침에 일어나면 우선 집 뒷담에 있던 호두나무에서 따 놓은 호두부터 깨물었습니다. 1년 내내 부스럼이 생기지 않기를 바라는 마음으로 부럼을 깬 거지요. 아주 어릴 때는 아니었고 조금 자라서는 귀밝이술도 재미 삼아 한 모금 정도 마셨습니다. 귀가 밝아지고 귓병도 생기지 않으며 좋은 소식을 많이 듣기를 바라는 마음에서요. 그리고는 종일 오곡밥과 약밥을 먹었습니다. 찹쌀과 팥, 조, 수수, 기장을 넣은 오곡밥은 솔직히 어린 입맛에 썩 맞지는 않았지만 밤을 콕콕 박아 넣은 약밥은 달달해서 종일 챙겨 먹었습니다.

대보름날 친구들을 만나면 제일 먼저 하는 말이 "내 더위 사 가"였습니다. 행여나 늦을세라 다급히 말하려다 말이 꼬이기도 했지요. 아직 한겨울에 한여름 더위를 말하며 더위를 판 사람은 뿌듯해하고, 얼결에 더위를 사게 된 사람은 괜스레 억울해하면서도 깔깔거렸습니다.

해가 뉘엿뉘엿 서산으로 넘어가면 동네 어귀가 더욱 북적북적해졌습니다. 설이나 추석과 달리 정월 대보름은 달이 차오르는 밤이 가장 중요하거든요. 밤이 이슥해지면 사람들은 삼삼오오 모여 뒷산자락에 있는 너른 논으로 달마중을 나섰습니다(달맞이라고도 해요). 동네 꼬맹이들이 저마다 하나씩 들고 있던 구멍 뚫은 깡통에 볏짚 따위를 넣어 내밀면 어른들이 불을 붙여 줬습니다. 깡통에 연결해 놓은 철사를 손잡이 삼아 휘휘 돌리면 쥐불놀

이가 시작됩니다. 쥐불은 쥐를 쫓으려고 논둑이나 밭둑
에 놓는 불을 가리킵니다. 쌀쌀하고 시커먼 겨울밤 사이
사이를 뜨듯하고 환한 쥐불이 수놓는 풍경은 뭐랄까요,
꽤나 동화 같았습니다.

빠르게 휙휙 돌아가던 쥐불이 더뎌질 즈음이면 조금도
이지러진 데 없이 둥근 온달이 머리 위에 휘영청 떠올
라 있습니다. 그럼 달집태우기 시간입니다. 달집은 짚단
과 나뭇가지 등을 묶어서 쌓아 올린 더미입니다. 달집에
불을 붙이며 사람들은 소원을 빌고, 그로써 정월 대보름
행사는 끝이 납니다. 꽉 차고 해사한 대보름달 아래서
빈 소원이 화르르 타오르는 달집 열기를 따라 달님에게
가 닿기를 모두 간절히 바랐겠지요.

# 뙈기밭
### 큰 토지에 딸린 조그마한 밭

뙈기는 논과 밭의 구획을 세는 단위이지만, '밭'이 붙어 뙈기밭, 밭뙈기처럼 쓰이는 일이 더 많습니다.

어린 시절, 제가 동네에서 가장 좋아하던 장소 중 하나가 바로 우리 집 뙈기밭이었습니다. 그때는 그냥 텃밭이라고 불렀는데, 지금 떠올려 보니 텃밭 주위로는 다 너른 논뿐이었으니 딱 뙈기밭이었네요. 비록 작은 밭이긴 해도 제게는 보물 창고처럼 소중했습니다.

밭 입구에는 아담한 복숭아나무가 있었습니다. 소담스럽고 달콤한 복숭아가 아니라 개복숭아라고 해도 이상하지 않을 만큼 초리에 단맛도 덜한 복숭아가 열렸지요. 솜털도 보송보송해서 껍질째 먹고 나면 늘 입과 턱 주변에 두드러기가 돋았지만 저는 그 복숭아를 아주 좋아했습니다. 여름에 따다가 잘 깎아서 유리병에 담아 두고 묵히면 겨울밤에 그만한 간식이 없는 복숭아 통조림이

되었거든요. 요즘도 겨울이면 살짝 얼은 복숭아의 아삭한 듯 물컹한 식감과 적당히 달보드레한 국물이 그리워집니다.

복숭아나무 옆으로는 조금 큰 참외 같은 수박이 여럿 달렸습니다. 대개는 굴타리먹어서 반쯤은 도려내야 했고, 그나마도 속살은 희멀겋고 누런 씨가 가득했지만 그래도 수박이라고 여름이면 늘 기꺼운 마음으로 땄습니다. 밭틀로 삼은 낮은 돌담 쪽에는 뙈기밭에서는 머드러기라고 할 만한 딸기가 가득했습니다. 딸기 밭 앞으로는 쪽파며, 고추며, 마늘이며, 정구지라고 불렀던 부추며 푸성귀들이 쪼로니 심겨 있었고, 그 옆으로는 토마토와 옥수수, 가지가 훌쩍 키를 높이고 있었고요.

해거름이면 늘 저녁 찬거리를 챙기러 뙈기밭에 갔습니다. 거의 매일 하는 심부름이었지만 싫었던 적이 한 번도 없습니다. 해넘이를 바라보며, 어스름 냄새를 맡으며 보물 창고 같은 뙈기밭에서 저녁상에 맛난 반찬으로 오를 푸성귀를 챙기다 보면 그렇게 마음이 풍성해질 수가 없었거든요. 덧붙여 산꼭대기에 있는 뙈기밭은 구름밭, 집 울안에 있는 작은 밭은 터앝이라고 합니다.

# 매지구름

비를 머금은 검은 조각구름

저는 어릴 때부터 하늘바라기였습니다. 특히나 날씨, 시
간, 계절에 따라 저마다 다른 표정을 짓는 구름을 바라
보는 걸 예나 지금이나 무척 좋아합니다.

큰비가 오기 전 저 멀리서 매지구름이 서서히 몰려오면
어떻게든 밖으로 나갑니다. 매지구름이 데려오는 물기
가득한 공기를 허파 가득 채우고 싶어서요. 매지구름이
더욱 짙은 먹장구름이 되어 그제야 힘겹다는 듯 툭, 툭
비를 한두 방울 떨어트리기 시작하는 순간이면 까닭은
모르겠지만 그렇게 마음이 설렙니다.

해넘이에 저마다 농담이 다른 파란빛과 주홍빛과 분홍
빛으로 물들어 가는 꽃구름도 좋아합니다. 어릴 때는 지

붕에 올라 꽃구름이 빛을 잃을 때까지 한참이고 바라보곤 했는데 이제는 쉽지가 않네요. 바람이 세차게 부는 날도 좋아합니다. 바람을 따라 시원스레 흘러가는 열구름을 볼 수 있거든요. 어디론가 훌쩍 떠나고 싶은데 그러지 못하는 날에는 답답한 마음을 열구름에 태워 보내기도 합니다.

구름을 이리 좋아해서일까요, 처음 비행기를 타고 구름바다를 본 날을 잊지 못합니다. 늘 땅에서 하늘가에 길게 퍼져 있는 구름발을 올려만 보다가 구름바다를 다 내려다보는구나 싶어 마음이 아주 뭉클했습니다.

먼지잼에서 '잼'은 뭘까 한참 생각했습니다. 국어사전에 어원 정보가 실려 있지는 않지만 대개 '재우다'에서 온 말로 봅니다. 그렇죠, "겨우 먼지나 날리지 않을 정도"는 딱 먼지를 재울 만큼이긴 하니까요. 먼지잼처럼 찔끔 내리는 비가 자꾸 오다 말다 하는 모양을 가리켜 '지짐지짐'이라고 합니다.

# 먼지잼

비가 겨우 먼지나 날리지 않을 정도로 조금 옴

"비가 갠 뒤에 바람이 불고 기온이 낮아지는 현상"은 비거스렁이입니다. 푹푹 찌는 한여름에 비가 쏴아 쏟아지기를 바라는 건 사실 비거스렁이 때문인지도 모르겠네요. 마당 있는 집에 살던 시절에는 특히 비가 많이 오는 여름이면 "비가 오려고 하거나 올 때 비에 맞으면 안 되는 물건을 치우거나 덮는 일"인 비설거지를 자주 했습니다. 공기에 비가 묻어 있다 싶으면 얼른 마당으로 나가 빨랫줄에 널린 빨래부터 걷고, 평상에 올려놓은 갖가지 세간이나 다듬어 둔 푸성귀 같은 것을 후다닥 치웠지요. 어릴 때 살던 동네 어귀에는 제법 큰 개천이 있어 비가 억수 같이 내린 다음 날이면 물마가 지곤 했습니다. 물마는 홍수를 가리키는 우리말로, 시위라고도 합니다. 참, 요즘이야 강수량을 영어 단위인 밀리미터(㎜)로 나타내지만 엄연히 우리말 단위도 있습니다. 보지락이라고 합니다. 옛날에는 "보습이 들어갈 만큼 빗물이 땅에 스며든 정도"를 보고 비가 몇 보지락 왔는지 헤아렸겠지요. 여기서 보습은 쟁기나 가래 같은 농기구 끝에 끼우는, 삽처럼 생긴 넓적한 쇠붙이를 가리킵니다.

지리산에 올랐을 때 천왕봉만큼이나 인상 깊었던 곳이 제석봉입니다. 탁 트인 고원에 희끗희끗한 고사목 몇 그루가 오브제처럼 듬성듬성 서 있고, 앳돼 보이는 구상나무가 삼삼오오 소담스럽게 모여 있는 풍경은 뭐랄까요, 전혀 어울릴 것 같지 않은 '쓸쓸하다'와 '산뜻하다'가 모여 완전히 새로운 '아름답다'를 빚어 낸 듯한 느낌이었습니다.

한국 전쟁 이전까지만 해도 제석봉은 구상나무, 가문비나무, 잣나무 같은 바늘잎나무로 우거진 숲이었습니다. 그러다 전쟁 이후 나라가 혼란하고 관리가 허술한 틈을 타, 고사목만을 자르겠다며 허가를 받고 제석봉에 오른

## 멧갓
나무를 함부로 베지 못하게 가꾸는 산

사람들이 아예 제재소까지 차려 놓고는 살아 있는 나무를 함부로 베어 냈습니다. 심지어는 자기네가 한 짓을 감추려고, 처음부터 제석봉에 고사목만 있었던 것처럼 꾸미려고 산에다 불까지 질렀습니다.

제석봉이 쓸쓸해 보였던 건 베이고 불탄 상처가 아직은 다 아물지 못해서였습니다. 반면 산뜻해 보였던 건 상처가 난 자리에 새살이 싱그럽게 돋아나고 있어서였습니다. 그리고 아름다워 보였던 건, 아무리 깊다 하더라도 상처에 파묻히지 않고 더디더라도 나아가기를 멈추지 않으면서 이전과는 또 다른 제석봉으로 거듭나고 있어서였습니다.

다시는 우리 산에서 이런 끔찍한 일이 일어나지 않도록 멧갓을 더욱 잘 관리해 나가야겠습니다. 이처럼 산을 단속하고 가꾸는 일을 말림이라고 하며, 멧갓을 말림갓이라고도 부릅니다. 또한 멧갓은 흔히 한자말로 산판이라고 합니다. 발매는 멧갓에 있는 나무를 한목 베어 내는 일을 가리키며, 발매한 나무를 도끼로 대강 다듬은 목재를 도끼별이라고 합니다. 그리고 멧갓에서 베어 낸 나무를 옮기는 사람을 등거리꾼이라고 부릅니다.

# 모롱이

산모퉁이의 휘어 둘린 곳

글자만 보고는 옛날 비옷 도롱이처럼 옷이나 도구가 아닐까 싶었는데 아주 헛다리를 짚었네요(모롱이는 다른 뜻으로 웅어나 숭어 새끼를 가리키는 낱말이기도 합니다).

김영하 소설 『검은 꽃』에 보면 일본인 중개업자에게 속아 멕시코로 이민 간 조선인들이 처음 지평선을 마주하는 장면이 나옵니다. 작가는 그때 조선인들이 느꼈을 감정을 막막함과 공허라고 표현했습니다. 그도 그럴 것이 조선인들은 산과 산 사이에서 나고 모롱이를 돌아가며 자랐을 테니, 어디 하나 구부러진 곳 없이 황막하기만

한 지평선이 얼마나 막막하고 공허하게 다가왔을까요. 몇 해 전, 남미를 종단하면서 저도 비슷한 느낌을 받았습니다. 처음에는 주변으로 눈에 걸리는 것 하나 없이, 끝 간 데 없이 곧게만 뻗은 길 위에서 해방감을 느끼기도 했습니다. 그런데 여러 달을 그런 풍경 속에 있다 보니 어느 순간 까닭 없이 막막하고 헛헛해지더라고요. 어깨를 맞댄 낮은 산, 그 사이사이를 휘어 돌아가는 굽이진 길이 무척 그리웠습니다.

특히나 곡선이 많은 우리나라 자연에서 모롱이처럼 휘어 둘린 곳이 산에만 있지는 않지요. 회돌이목은 "길이나 냇물 따위가 굽이도는 좁은 목"을 가리킵니다. 비슷한 말로 회목이 있습니다. "강이나 길에서 꺾이어 방향이 바뀌는 곳이나 산줄기나 강줄기가 뻗어 나가다가 잘록해진 곳"을 가리킵니다. "산줄기가 뚝 끊어진 곳"을 뜻하는 지레목이라는 말도 있습니다.

# 모오리돌

모가 나지 않고 둥근 돌

살면서 동글동글한 돌이야 자주 봤지만 정확히 모오리
돌이 무엇인지, 어떤 느낌인지를 정확히 안 건 추자도에
서였습니다.

추자도 해변은 모래밭이 아니라 모오리돌로 가득한 자
갈밭입니다. 그래서 추자도에는 '작지'라는 이름이 붙은
해변이 많아요. 작지는 제주도 말로 자갈이라는 뜻입니
다. 자갈은 강이나 바다 바닥에서 오랜 시간 이리저리
갈리고 물에 씻기면서 반질반질해진 잔돌을 가리킵니
다. 제주도 말에 섭돌도 있는데요. 모나고 날카로운 돌
멩이를 가리킵니다. 하얀 모래가 아닌 모오리돌이 쫙 깔
린 작지가 신기해 신발을 벗고 맨발로 걸어 봤습니다.
모오리돌은 몽돌이라고도 하며 발에 닿는 촉감도 어찌
나 몽글몽글하던지요.

비슷한 낱말로는 뭉우리돌이 있습니다. 모오리돌이나
몽돌이 조금 자금자금한 느낌이라면 뭉우리돌은 조금
큼지막한 느낌입니다. 물돌이라는 낱말도 있어요. 강가
나 강바닥에 깔린 둥글둥글한 돌을 가리킵니다. 갯돌은
개천에 있는 크고 둥근 돌을 뜻하고요.

미성(尾星)은 천구를 황도에 따라 28개 구역으로 나눈 28수에서 여섯째 별자리에 있는 별을 가리킵니다. 무저울은 '물저울'에서 온 말로, 두 별이 반듯하게 뜨면 비가 고르게 내려 농사짓기에 좋고, 한쪽으로 기울어 뜨면 비가 알맞지 않아 농사짓기가 어렵다고 여겼답니다. 무저울 같은 낱말을 알 때마다 대개 농부였을 옛사람들이 얼마나 간절한 마음으로 하늘을 살폈을지 헤아리게 됩니다.

샛별, 개밥바라기는 많이 알려졌듯 금성을 가리킵니다. 여기에 더해 어둠별도 금성을 뜻해요. 태양처럼 움직이지 않으며 스스로 빛을 내는 항성은 붙박이별이라고 합니다. 반대로 지구처럼 붙박이별 인력에 따라 궤도를 그리며 맴도는 행성은 떠돌이별이고요. 사실 지구를 비롯해 수성, 금성, 화성, 목성, 토성, 천왕성, 해왕성 같은 행성은 스스로 빛을 내지 못하니 엄밀히 따지자면 별이라

# 무저울

미성의 끝에 나란히 있는 두 별

고 부를 수 없다지요. 그렇지만 우주에서 제 중심을 잡지 못하고 떠돈다고 해서 떠돌이라는 이름이 붙었는데 거기에서 별까지 빼 버리면 너무 쓸쓸하니 그냥 별이라고 해요, 우리. 그러고 보니 지구는 떠돌이별이자 빛을 내지 못하는 까막별이기도 하네요.

혜성은 보기 드물고 독특한 별(천체)이어서 그런지 우리말 이름도 여럿입니다. 긴 꼬리를 달고 있으니 꼬리별, 꽁지별, 생김새가 화살 같으니 살별, 길을 쓰는 빗자루 같기도 해서 길쓸별이라고도 합니다. 유성은 많이 알려졌다시피 별똥별이라고 부릅니다. 까만 밤하늘에 빛나는 선을 긋듯이 스치는 그 예쁜 모습을 두고 별이 똥을 누는 것 같다고 표현한 것도 참 기발하고 재밌습니다. 위성은 달별이라고 합니다. 지구는 태양의 달별이고, 달은 지구의 달별이네요.

# 물곬

물이 흘러 빠져나가는 작은 도랑

분명 어릴 때부터 도랑이며 개울이며 개천이며 시내며 내에서 참방거리고 놀았는데, 정작 다섯 낱말이 어떻게 다른지 구분해 보라고 하면 말문이 턱 막힙니다. 모두 산골짜기에서 흘러 내려와 동네에서 볼 수 있는 물줄기라는 건 알겠는데 말이지요. 사전에서 도랑을 검색해 보니 "매우 좁고 작은 개울"이라고 나옵니다. 개울은 무엇일까 살펴보니 "골짜기나 들에 흐르는 작은 물줄기"입니다. 작은 물줄기의 기준을 개울로 잡으면 맨 앞자리에서는 건 도랑이 되겠네요.

도랑은 친구가 참 많은 낱말이기도 합니다. 강가에 깔린 둥글둥글한 돌과 소리가 같은 물돌, 물도랑, 실개울이 모두 도랑과 함께 앞자리에 나란히 선다고 생각했는데 어라? 그 앞에 누군가 있네요. 바로 실도랑과 물곬입니다. 우리말에서 앞가지(접두사) '실-'이 붙으면 가느다랗고 얇고 규모가 작다는 뜻이 됩니다. 그러니까 앞서 나온 실개울도 개울보다 작으니 곧 도랑인 셈이지요. 도랑창은 더러운 물이 잘 빠지지 않아 질척거리는 지저분한 도랑을 가리키며, 다른 말로 시궁이라고 합니다. 자갈수멍은 "물이 잘 빠지게 하려고 조약돌을 바닥에 묻은 도랑"을 뜻합니다. "집채나 마을 뒤로 흐르는 도랑"이 사전에 뒷도랑으로 올라 있어 앞도랑도 찾아봤는데 앞도랑은 올림말이 아니더라고요. "도랑 같은 곳에 조금 괸 물"은 옹자물이라고 합니다.

이제야 작은 물줄기의 기준이라 할 만한 개울로 넘어오네요. 사전에 앞도랑은 없는데 앞개울은 올라 있고 재밌게도 뒷개울은 또 없습니다. 사전 올림말로만 보면 도랑은 집 뒤로, 개울은 집 앞으로 흐르는 건가 봅니다. 돌개울은 물 바닥에 돌이 깔린 작은 개울을 가리킵니다. 지방은 "길가에 움푹 패어 있어 빠지기 쉬운 개울"을 뜻하고요. 기억을 더듬어 보니 어릴 때 이따금 개울에 발이 빠지곤 했는데 그게 바로 지방이었군요!

저는 2017년 아이유가 리메이크해서 알게 된 곡이자 김소월의 시 제목이기도 한 개여울은 "개울의 여울목"을 일컫습니다. 자, 그럼 여울목은 또 무엇일까요? "여울물이 턱진 곳"입니다. 음, 여울과 턱지다를 나눠서 살펴봐야겠습니다. 여울은 "강이나 바다 따위의 바닥이 얕거나 폭이 좁아 물살이 세게 흐르는 곳"이고 턱지다는 평평한 곳에 좀 두두룩한 자리나 언덕이 생긴다는 뜻입니다. 물살이 세차게 흐르는 여울에서도 특히 힘차게 솟구치는 곳을 가리키는 걸까요? 아울러, 여울 맨 꼭대기는 여울머리, 여울이 더 큰 물로 흘러 들어가는 곳은 여울꼬리라고 합니다.

개울 다음은 "시내보다는 크지만 강보다는 작은 물줄기"인 개천이지만 그 사이에 선 낱말이 또 있지요. 바로 실도랑, 실개울과 더불어 '실–' 가족인 실개천입니다. "폭이 매우 좁고 작은 개천"을 일컫습니다. 개천이 조금 더 넓어지면 "골짜기나 평지에서 흐르는 자그마한 내"인 시내가 되고, 시내는 강 바로 앞에 선 물줄기인 내로 흘러갑니다. 내는 여흘여흘 흘러서 비로소 강에 이르지요. 산골짜기에서 흘러 내려온 작은 물줄기는 차츰차츰 크고 넓어져 강이 되고 이윽고 개어귀에서 바다와 만납니다. 산골짜기에서 내려온 작은 물줄기가 바다에 이르기까지 과정을 하나하나 함께한 것 같아 어쩐지 뭉클해지네요.

# 바람눈

바람이 불어오는 점 또는 그런 방향

바람에도 눈이 있고 그 눈이 향하는 곳이 곧 바람 부는 방향이라니! 옛사람들은 어쩜 이토록 적절하고 아름다운 표현을 생각해 냈을까요? 자연 낱말을 알아 갈 때마다 감탄을 금할 수가 없습니다, 정말.

모르긴 몰라도 바람눈이라는 낱말은 바다 사람들이 가장 먼저 썼을 것 같습니다. 바다 사람들에게 바람눈은 생계를 넘어 생존으로 이어지는 눈길이니까요. 그래서 바람을 가리키는 우리말 중에는 뱃사람들이 쓰던 말이 특히 많습니다.

뱃사람들 말로 동풍은 샛바람, 서풍은 가수알바람, 남풍은 마파람 또는 앞바람, 북풍은 덴바람 입니다. 동남풍은 샛마파람, 된마파람, 시마이며, 동북풍은 된새바람이라고 부릅니다. 동동남쪽에서 불어오는 바람은 두샛바람이고요. 가수알바람과 더불어 서쪽에서 부는 바람은 하늬바람이라고도 하며, 어촌은 물론 농촌에서도 주로 썼다고 합니다. 서남풍은 갈마바람, 늦하늬바람이며, 서북풍은 마칼바람, 높하늬바람, 된하늬입니다. 북쪽에서 부는 바람은 다른 말로 뒤울이라고도 합니다.

# 바람살

세차게 부는 바람의 기운

풍력 계급은 바람 세기를 나타내고자 바람 빠르기와 나무가 흔들리는 정도, 파도 상태를 눈어림해 정한 단계입니다. 영국 해군 제독이었던 보퍼트는 바다에서 본 물결 상태를 바탕으로 풍력을 0에서 12까지 13등급으로 나눠 정리했습니다. 이 자료는 이후 뭍에서도 쓸 수 있도록 수정되었고, 현재 국제 기상 개념으로 널리 쓰이고 있습니다.

고요는 풍력 등급 0, 그러니까 바람이 없는 상태를 가리킵니다. 10분간 평균 풍속이 초속 0.0~0.2미터이며, 뭍에서는 연기가 똑바로 올라가고 바다에서는 수면이 잔잔합니다. 실바람은 풍력 등급 1을 가리킵니다. 10분간 평균 풍속이 초속 0.3~1.5미터이며, 연기가 흔들려 바람이 부는 방향은 알 수 있지만 풍향계는 움직이지 않습니다.

남실바람은 풍력 등급 2를 가리킵니다. 10분간 평균 풍속이 초속 1.6~3.3미터이며, 나뭇잎이 살짝 흔들리고 비로소 풍향계도 움직입니다. 산들바람은 풍력 등급 3을 가리킵니다. 10분간 평균 풍속이 초속 3.4~5.4미터이며, 나뭇잎과 잔가지가 일정하게 움직이고 깃발이 가볍게 흔들립니다.

건들바람은 풍력 등급 4를 가리킵니다. 10분간 평균 풍속이 초속 5.5~7.9미터이며, 뭍에서는 먼지가 일고 종잇조각이 날리며 작은 나뭇가지가 흔들리고 바다에서는 서서히 물결이 입니다. 흔들바람은 풍력 등급 5를 가리킵니다. 10분간 평균 풍속이 초속 8.0~10.7미터이며, 잎이 무성한 작은 나무가 흔들리고, 바다에서는 작은 물결이 입니다.

된바람은 풍력 등급 6을 가리킵니다. 10분간 평균 풍속이 초속 10.8~13.8미터이며, 큰 나뭇가지가 흔들리고 전선이 울리며, 우산을 들고 있기가 어려울 정도입니다. 된바람부터 바람살이라고 부를 수 있겠습니다. 센바람은 풍력 등급 7을 가리킵니다. 10분간 평균 풍속이 초속 13.9~17.1미터이며, 나무 전체가 흔들리고 바람을 마주하고 걷기가 어렵습니다.

큰바람은 풍력 등급 8을 가리킵니다. 10분간 평균 초속이 17.2~20.7미터이며, 작은 나뭇가지가 꺾이고 바람을 안고서는 아예 걸을 수가 없습니다. 큰센바람은 풍력 등급 9를 가리킵니다. 10분간 평균 풍속이 초속 20.8~24.4미터이며, 굴뚝이 넘어지고 기와가 벗겨질 만큼 바람이 거칠어집니다.

노대바람은 풍력 등급 10을 가리킵니다. 10분간 평균 풍속이 초속 24.5~28.4미터이며, 뭍에서는 건물이 부서지고 나무가 뿌리째 뽑히며 바다에서는 파도가 크게 일어 흰 거품으로 뒤덮입니다. 왕바람은 풍력 등급 11을 가리킵니다. 10분간 평균 풍속이 초속 28.5~32.6미터이며, 뭍에서는 건물이 크게 부서지고 바다에서는 산더미 같은 파도가 입니다. 싹쓸바람은 풍력 등급 마지막 단계인 12를 가리킵니다. 10분간 평균 풍속이 32.7미터 이상이며, 뭍에서는 엄청난 피해가 발생하고 바다에서는 왕바람 때보다 더 큰 파도가 입니다.

# 배래

육지에서 멀리 떨어진 바다 위

처음에는 어쩜, '바다 위'를 가리키는 낱말까지 다 있을까 싶었습니다. 그런데 가만 생각해 보면 농업과 어업이 주요 산업이던 옛날에는 지금보다 뱃일을 하는 사람이 훨씬 많았고, 바다 위는 아득한 '풍경'이 아니라 생생한 '노동 현장'이었습니다. 그러니 배래 같은 낱말이 있는 게 하나 새삼스럽지 않더라고요.

저는 여태껏 옛날보다 지금이 더욱 발달한 시대이기에 옛사람보다 현대인이 더 세상을 폭넓게 보고 깊게 이해한다고 여겨 왔습니다. 물론 어떤 부분에서는 사실이지요. 하지만 우리가 살아가는 데에 가장 중요한 부분인 자연을 바라보는 눈만큼은 현대인이 옛사람보다 명백히 좁고 얕다는 걸, 자연 낱말을 찾을 때마다 깨닫습니다. 현대인이 옛사람처럼 오롯이 자연에 기대어 살지는 않지만 그렇다고 자연을 떠나서도 살 수는 없습니다. 그러니 지금을 사는 우리 나름으로 한결 자연에 가까워질 수 있는 길을 끊임없이 찾아야 합니다. 특히나 지금 같은 기후 위기 시대에는 더욱이요.

배래는 다른 뜻으로 물고기 배 또는 물고기 배처럼 불룩하게 둥글린 한복 소매 아래쪽을 가리키는 낱말이기도 합니다. 그리고 "바다와 하늘이 맞닿은 것처럼 멀리 보이는 수평선의 두두룩한 부분"은 물마루라고 부릅니다.

# 볕뉘

작은 틈을 통해 잠시 비치는 햇볕

볕뉘라는 낱말을 몰랐던 시절에도 자그마한 틈새나 어두운 자리에 내려앉은 햇볕을 보거나 떠올리면 마음이 녹진녹진해졌습니다. 어쩐지 햇볕이 마음에 생긴 틈, 마음을 물들이는 어둠까지 다사롭게 비추며 다독다독해주는 기분이었거든요. 그런데 아니나 다를까, 볕뉘는 "그늘진 곳에 미치는 조그마한 햇볕의 기운"이자 "다른 사람으로부터 받는 보살핌이나 보호"를 뜻하기도 한다네요. 게다가 글자 생김새마저 너무 '볕뉘'입니다. 글자 곁에 두 손을 가져다 대면 모닥불을 쬐듯 금세 따뜻해질 것 같습니다.

햇볕, 햇살과 관련된 낱말을 몇 가지 더 살펴볼게요. 날빛은 "햇빛을 받아서 나는 온 세상의 빛"이자 햇빛 자체를 가리키기도 합니다. 햇빛은 너무 눈부셔 똑바로 쳐다볼 수 없다고 여겼는데 사실은 세상 모든 빛깔로써 햇빛을 보고 있었던 거네요. 햇귀는 "해가 처음 솟을 때의 빛"이자 "사방으로 뻗친 햇살"을 뜻합니다. 날이 막 밝아 올 무렵인 갓밝이에 비치는 햇살인 동살은 햇귀의 첫 번째 뜻으로 빛나다가 이내 두 번째 뜻으로 바뀌어 온 세상을 환히 밝히지요.

햇덧이라는 낱말도 있어요. "해가 지는 짧은 동안"이자 "일하는 데에 해가 주는 혜택"을 뜻합니다. 두 번째 뜻풀이를 보면서 혼자 얼마나 반가웠는지 모릅니다. 왠지 다른 계절보다 겨울에는 일하는 게 더 버겁다 싶었거든요. 그게 다 (제가 일하기 싫어서가 아니고) 해가 짧아 햇덧이 적은 탓이었습니다. 아무렴, 그렇고말고요!

# 살피꽃밭

건물, 담 밑, 도로 따위의 경계선을 따라
좁고 길게 만든 꽃밭

살피는 "땅과 땅 사이의 경계선을 간단히 나타낸 표"를
가리킵니다. 어릴 때 살던 집 담벼락 아래에는 봉숭아가
쪼로니 심긴 살피꽃밭이 있었습니다. 그래서 해마다 여
름이면 흰색, 연분홍색, 다홍색, 보라색 꽃을 한 움큼, 잎
을 대여섯 장 따다가 절구에 넣고 공이로 콩콩 찧은 다
음 손톱에다 봉숭아물을 들였습니다.

또 오동통하고 털이 보송보송한 열매를 따다가 콩 폭탄
이라 부르며 던지고 놀기도 했습니다. 봉숭아 열매는 아
주 살짝만 힘을 주어 만져도 금세 톡, 하고 터지면서 갈
색 씨앗이 사방으로 퍼지고 또르르 말려 버리기 때문에

제대로 던지면서 놀려면 언 소반 받들 듯 조심조심 따야 합니다. 생각해 보면 동네 곳곳에 유난히 봉숭아가 많았는데, 그게 다 저 같은 동네 꼬맹이들이 옛날부터 놀면서 봉숭아 번식을 도운(?) 결과가 아니었을까 싶습니다.

살피꽃밭에 봉숭아밖에 없고 봉숭아는 저 알아서 잘 자랐기에 꽃밭을 따로 가꾸지 않았던 우리 집과 달리 이웃집 할머니는 정성스레 살피꽃밭을 가꾸셨습니다. 채송화, 분꽃, 맨드라미, 매리골드와 더불어 꿀꽃, 깨꽃 또는 사루비아라고 불렀던 샐비어 등이 있었습니다. 샐비어는 꽃 색깔과 향기가 강렬한 데다 이따금 꽃을 따다 꿀을 빨아 먹기도 해서 특히 기억에 남아요. 그러고 보니 샐비어에는 늘 꿀벌이나 뒤영벌이 서너 마리쯤 붙어 있었습니다. 녀석들에게 샐비어 꿀은 귀한 양식이었을 텐데, 저는 그걸 재미 삼아 쏙쏙 빼 먹었으니 괜스레 녀석들에게 미안해지네요.

바람은 계절 변화를 알리는 첫 번째 전령 같습니다. 보이지 않고 대개 들리지도 않지만 피부에 닿는 것만으로도 계절이 오고 가는 걸 느낄 수 있으니까요. 농사를 짓고 배를 타는 사람들에게는 더욱이 귀한 전령이겠고요. 소소리바람이나 살바람이나 꽃샘바람은 동장군이 내뿜는 마지막 숨입니다. 아직 바람결에 찬 기운이 묻어나지만 괜찮습니다. 이내 보드랍고 화창한 명지바람이 완연한 봄을 데려올 테니까요. 봄부터 초여름까지, 영서 지방 사람들은 조금 걱정스럽기도 합니다. 태백산맥 너머에서 뜨겁고 메마른 높새바람이 넘어와 농작물이 피해를 입으니까요.

# 소소리바람

이른 봄에 살 속으로 스며드는 듯한 차고 매서운 바람

산마을에 살던 어린 시절, 한여름 푹푹 찌는 더위를 견딜 수 있었던 건 밤이면 산에서 마을로 내려와 주는 시원한 바람 재넘이 덕분이었습니다. 바람결에 어쩐지 외로움과 쓸쓸함이 묻어 있는 솔바람이 불면 찬바람머리에 이르렀구나 싶습니다. 여름에서 가을로 넘어가는 사이 또는 가을 바다에서는 비와 함께 거친 파도를 일으키는 도지가 붑니다. 동쪽에서 강쇠바람이 불면 가을은 더욱 깊어집니다.

서릿바람은 서리를 데려와 머지않아 겨울이 올 거라고 알려 줍니다. 북쪽에서 댑바람이 불고 먼 산에 구름처럼 뽀얗게 바람꽃이 감돌면 기어코 동장군이 살을 에는 듯 매서운 고추바람으로 다시 첫 숨을 내뱉겠지요.

# 숲정이

마을 근처에 있는 수풀

똑같이 나무가 빽빽이 자라 메숲진 곳이라도, 숲이 멋지지만 쉽게 다가가기는 어려운 대상이라면 숲정이는 편하게 손 내밀 수 있는 친구 같은 존재였을까요? 예부터 우리나라 사람들은 마을 둘레에 있는 숲정이(대개 참나무숲, 대나무숲, 소나무숲)를 밭(도토리밭, 대밭, 솔밭)이라 부르며 짬짬이 오갔습니다. 그러면서 땔감이나 산나물이나 약초처럼 살아가는 데에 필요한 걸 얻어 갔지요. 오롯이 자연에 기대어 살던 옛사람들에게 숲정이는 거대한 '아낌없이 주는 나무'였는지도 모르겠습니다.

숲정이는 울숲이라고도 부를 만합니다. 울숲은 "집이나

마을 주변 또는 산기슭을 울타리처럼 둘러싼" 숲을 가리키거든요. 또한 보통 참나무나 대나무, 소나무처럼 한 종류 나무로 이루어졌으니 홑숲이라 불러도 틀리지 않겠습니다.

숲정이 뜻을 알아보면서 숲과 관련된 다른 낱말도 틈틈이 찾아봤습니다. 그런데 한자말은 많은데 의외로 우리말은 무척 적더라고요. 분명 보통 사람들이 숲에서 주위 입에서 입으로 전했을 낱말이 많을 텐데 지금 우리에게까지 닿는 낱말은 몇 안 되는 걸 보니 여간 아쉬운 게 아닙니다.

# 여우볕

비나 눈이 오는 날 잠깐 났다가 숨어 버리는 볕

"볕이 나 있는 날 잠깐 오다가 그치는 비"는 여우비라고 합니다. 아직 국어사전에 올라 있지는 않지만 같은 맥락에서 여우눈이라는 낱말도 쓸 수 있겠습니다. 역시 사전 올림말은 아니지만 여우별도 있습니다. "궂은 날 구름 사이로 잠깐 났다가 사라지는 별"을 가리킨다고 합니다. 볕이든 비든 별이든 갑자기 나타났다가 금세 사라지는 모양이 꼭 날쌘 여우와 닮아서 이렇게 이름 붙였겠지요. 이는 곧 잽싸게 움직이는 여우가 그만큼 자주 보였다는 뜻이기도 하겠고요.

요즘 같아서는 여우볕이나 여우비 같은 낱말은 생기지

도 못했을 겁니다. 야생 여우를 볼 수가 없으니까요. 우리나라에서 여우는 환경부 지정 멸종위기야생생물 I 급이지만 살아 있는 야생 여우가 관찰된 건 1980년대 기록이 마지막이어서 자연에서는 절멸한 것으로 봅니다. 볕이나 비, 별에도 빗댈 만큼 흔했던 여우는 대체 어쩌다 이 땅에서 영영 사라져 버린 걸까요?

예부터 여우는 모피 때문에 마구잡이로 잡히는 일이 끊이지 않았습니다. 이런 상황에서 멸종의 쐐기를 박은 건 국가 근대화를 내세우며 정부가 1970년대에 대대적으로 추진한 쥐잡기 운동이었습니다. 여우는 마을과 떨어진 깊은 산보다는 마을 근처에 있는 야트막한 산에서 주로 살았습니다. 그러니 쥐약을 먹은 쥐를 사냥하는 일이 많았을 테고, 자연스러운 수순마냥 쥐약 2차 중독으로 수많은 여우가 죽어 나갔습니다. 잇따른 남획에 생물 농축까지 더해졌으니 어떤 동물이 멸절하지 않고 배길 수 있었을까요?

곰곰 생각해 봅니다. 이제는 여우볕과 여우비를 각각 "잠깐 났다가 영영 숨어 버린 볕"과 "잠깐 오다가 영영 그친 비"로 정의 내려야 하는 건 아닐까 하고요.

어릴 때는 산이며 들이며 내며 어디든 거침없이 쏘다니면서 무엇이든 서슴없이 들여다보기를 좋아했습니다. 꼭 하나, 웅덩이만 빼고요. "움푹 파여 물이 괴어 있는 곳" 웅덩이는 뭐랄까요, 얼마나 깊을지 무엇이 있을지 몰라 궁금한 한편 또 그래서 어쩐지 께름칙했거든요.

작달비가 내리고 난 뒤 흙길에 생기는 자그맣고 야트막한 움파리나 옹당이, 용탕 정도는 괜찮았습니다. 이런 곳은 오히려 장화를 신고 나가 참방거리며 놀기도 했으니까요. 왠지 꺼려지던 곳은 제법 큼직하고 비가 오든

움파리

우묵하게 들어가 물이 괸 곳

말든 늘 걸쭉해 보이는 물이 괴어 있는 못이나 늪이었습니다.

못이나 늪 수면에는 항상 너겁이 떠 있거나 껴 있었습니다. 너겁은 "괴어 있는 물에 함께 몰려서 떠 있는 지푸라기, 티끌 따위의 검불" 또는 "덕지덕지 앉은 때"를 가리킵니다. 머무적머무적하면서도 기어코 못이나 늪을 바라보고 있노라면 질척질척한 바닥에서 알 수 없는 무언가가 불쑥 나타날 것만 같았습니다.

늪은 "땅바닥이 우묵하게 뭉떵 빠지고 늘 물이 괴어 있는 곳"이고 못 역시 "넓고 오목하게 팬 땅에 물이 괴어 있는 곳"이며 늪보다는 규모가 작습니다. 이처럼 늘 물이 괴어 축축한 땅을 습지라고 합니다. 오랫동안 사람들은 습지를 딱히 활용할 길이 없어 버려두거나 메워야 할 땅으로만 여겨 왔습니다.

다행스럽게도 이제는 (저를 비롯한) 많은 사람이 습지가 다양한 생명을 품는 건 물론이거니와 물을 맑게 하며 홍수까지 예방하는 귀한 땅이라는 걸 잘 압니다. 국제 사회에서는 습지 보호 협약(람사르 협약)을 맺어 전 세계에서 중요한 습지를 보호, 보전하고 있습니다.

# 윤슬

햇빛이나 달빛에 비치어 반짝이는 잔물결

십일 월 끄트머리에 뜬 늦달을 따라서 동쪽 바다로 밤 산책을 다녀온 적이 있습니다. 그 전까지만 해도 저는 윤슬은 햇빛이 내려앉은 조각이라고만 생각했어요. 그도 그럴 것이 제가 봐 왔던 윤슬은 머리 꼭대기쯤에서 뜬 햇빛을 받아 반짝거렸거든요. 그런데 그 밤, 아야진 바다에는 달빛을 받아 찰랑이는 윤슬이 가득했습니다. 낮의 윤슬과 밤의 윤슬은 낮과 밤, 해와 달의 차이만큼이나 달랐습니다. 낮의 윤슬은 무척 해사하고 눈부셔서 한 걸음 떨어져 넋을 놓고 바라보게 되는 느낌이라면, 밤의 윤슬은 포근하고 은은해서 가까이 다가가 폭 안기고 싶은 느낌이랄까요. 달빛 윤슬까지 보고 나니 언젠가 한번쯤은 아주 맑은 날에 하루 종일 물가에 앉아서 낮의 윤슬이 밤의 윤슬로 바뀌어 가는 모든 순간을 바라보고 싶어졌습니다. 얼마나 아름다울까요.

윤슬은 물비늘이라고도 부릅니다. 그래서 언뜻 보면 아주 커다란 물고기가 수면 가까이에서 고운 비늘이 박힌 몸 일부를 드러내고 있는 것 같기도 해요.

# 잎샘

봄에 잎이 나올 무렵 갑자기 날씨가 추워지는 일
또는 그런 추위

추위는 봄꽃만 샘내는(꽃샘) 줄 알았더니 새잎도 시샘하
네요!

흔히 겨울 추위를 동장군이라고 부릅니다. 그만큼 힘이
세고 매섭기 때문이겠지요. 하지만 이토록 기세등등한
장군님도 계절 변화 앞에서는 어쩔 수 없이 힘이 꺾이게
마련입니다. 그러니 무릇 동장군 정도 되시는데도 우르
르 몰려드는 봄 앞에서는 '화'가 아니라 '샘'밖에 못 내시
는 거지요. 추위를 워낙 많이 타서 꽃샘바람이 불 때면
대체 겨울은 언제 끝나는 거냐며 속으로 많이 구시렁거
리는데, 역정이 아니라 시샘을 내는 동장군님 생각해서
라도 좀 덜 투덜거려야겠습니다.

꽃샘잎샘을 함께 쓸 수도 있습니다. 꽃샘하다, 잎샘하다, 꽃샘잎샘하다처럼 움직씨(동사)로도 쓸 수 있고요. 겹말 같기도 하지만 꽃샘추위, 잎샘추위도 사전에 올라 있어요. 꽃샘바람은 사전 올림말인데 잎샘바람은 아직 아니라는 점은 아쉽습니다.

북한에서는 꽃샘추위를 두고 "이른 봄에는 새 움이 홍역을 한다"라고 한대요. 갑자기 추워진 날씨에 새로 돋은 움이 홍역을 앓듯이 울긋불긋한다는 거죠. 추워서 얼굴이 발그레해진 움이라니, 움한테는 미안하지만 상상하니 안쓰럽기보다는 너무 사랑스럽네요!

# 자드락

### 나지막한 산기슭의 비탈진 땅

자드락밭이라고도 하며, 자드락에 난 좁은 길은 자드락
길이라고 부릅니다. 우리나라는 국토의 70%가 산이어
서 그런지 비탈과 관련된 낱말도 꽤 여럿입니다. 비탈은
"산이나 언덕 따위가 기울어진 상태나 정도 또는 그렇
게 기울어진 곳"을 가리킵니다.

비탈 중에서도 몹시 가파른 비탈은 된비알, 된비탈, 가
풀막이라고 합니다. 돌이 여기저기 많이 흩어진 비탈은
돌너덜 또는 너덜, 너덜겅이라고 하고요. 너덜밭은 진달
래 같은 떨기나무나 칡 같은 덩굴 식물, 억센 풀이 우거
지고 돌이 많은 비탈을 가리킵니다. 산비탈이 완만해지
는 아랫부분은 멧기슭, 산기슭이라고 합니다.

덧붙여 산기슭과 맞닿은 물가에 있는 사금(금모래)층은
코쇠라고 하고요, 한쪽에만 모여 있지 않고 고루 퍼진
사금층은 판쇠라고 합니다.

비탈을 내려와 산기슭과 맞닿은 물가에 왔으니 물가에서도 낱말을 몇 개 주섬주섬 주워 볼게요.

작벼리가 돌이 섞인 모래밭이라면 풀등은 풀이 수두룩한 모래밭을 가리킵니다. 특히 강 하류에 모래가 수북하게 쌓인 곳에 많지요. 감풀은 바닷물이 밀려 나간 뒤에만 드러나 보이는 넓고 평평한 모래벌판, 그러니까 펄을 뜻합니다. 목섬은 "뭍과 잘록하게 이어진 모래섬"을 가리키고요.

모래벌판에는 물결에 밀려와 한곳에 쌓인 보드라운 모래 목새가 많지요. 가느다랗고 고운 모래는 시새, 모새라고도 합니다. 먹새는 거무스름한 모래를 뜻하고요. 그리고 돌멩이나 모래가 전혀 섞이지 않은 순수한 흙은 살흙이라고 합니다. "몹시 질어서 질퍽질퍽한 진흙"은 감탕이고요.

# 작벼리

물가 모래벌판에 돌이 섞여 있는 곳

# 잠비

여름에 일을 쉬고 낮잠을 잘 수 있게 하는 비

푹푹 찌는 여름에는 아무것도 하지 않아도 그냥 힘이 쭉쭉 빠지게 마련입니다. 하물며 지글지글하는 땡볕 아래서 몸을 움직여 일할 때는 더욱이 지치지요. 그럴 때 쐐쐐, 하고 비가 내려 주면 그만큼 반가운 여름 손님도 없겠습니다. 비를 핑계 삼아 일손을 놓고 잠깐 눈이라도 붙일 수 있으니 이토록 다정하고 사려 깊은 비가 또 있을까요?

지금은 옛날과 일하는 환경, 방식이 많이 달라졌지만 여전히 바깥에서 일하는 사람도 많고, 특히나 요즘 같은 기후 위기 시대의 여름은 누구에게나 버거운 계절이니만큼 이 잠비 문화를 되살리면 참 좋겠습니다.

"여름비는 잠비 가을비는 떡비"라는 속담이 있어요. 비가 오면 여름에는 낮잠을 자고 가을에는 떡을 해 먹는다는 뜻입니다. 이따금 낮잠을 자면서도 여름에 바지런히 일해 놓았으니 가을이면 집안에 곡식이 넉넉하겠지요. 옛사람들이 푸슬푸슬 내리는 가을비를 바라보며 느긋하게 떡을 찌는 풍경을 떠올리니 제 마음이 다 평화롭고 풍성해집니다.

# 지돌잇길

험한 벼랑에서 바위 같은 것에 등을 대고
겨우 돌아가게 된 길

북한산 백운대에 오른 적이 있습니다. 위문에서 백운대
로 가는 300미터 남짓한 길이 지돌잇길, 안돌잇길("험한
벼랑에서 바위 같은 것을 안고 겨우 돌아가게 된 길")인 줄도 모른
채요. 겁 많기로는 어디 가서 빠지지 않는 저는 그 300
미터를 정말, 바들바들 떨면서 갔습니다. 마음 같아서
는 당장 뒤돌아 내려가고 싶었지만 북한산 백운대라는
명성답게 위에서는 사람들이 끊임없이 내려오지, 밑에
서는 사람들이 주춤거리는 저를 줄줄이 기다리지. 어휴,
그러니 울며 겨자 먹기로 올라갈 수밖에요.
북한산 고팽이("굽은 길의 모퉁이")를 돌고 돌아 백운대라

는 고팽이("비탈진 길의 가장 높은 곳")에 기어코 오르고 나니 고팽이("어떤 일의 가장 어려운 상황")가 끝났다 싶은 마음에 그제야 주변 풍경이 눈에 들어왔습니다. 사람들이 괜히 백운대, 백운대 하는 게 아니구나 싶긴 했으나 감탄도 잠시, 낭떠러지를 끼고 난 낭길과 제 눈에는 끝날 것 같 지 않게 굽은 에움길을 다시 내려갈 생각을 하니 또 아 찔해졌습니다. 후들후들하는 팔다리에 있는 힘, 없는 힘 다 주어 내려가면서 다짐했습니다. 앞으로는 평평하고 너른 산등성이에 난 등판길만 다녀야겠다고요.

## 도움 받은 자료

구본학·유영한·김해동·김재근·양희선·노백호·조동길·제종길·주기재·도윤호, 『습지 이해』, 환경부 국립습지센터, 2013

김성환, 『꽃 해부 도감』, 자연과생태, 2020

김은중, 『사슴벌레 사전』, 비글스쿨, 2021

김종원, 『한국 식물 생태 보감 1』, 자연과생태, 2013

노인향, 『자연생태 개념수첩』, 자연과생태, 2015

박남일, 『좋은 문장을 쓰기 위한 우리말 풀이사전』, 서해문집, 2004

박용수, 『우리말 갈래사전』, 서울대학교출판부, 2005

신용석, 『알고 찾는 지리산』, 자연과생태, 2021

오순옥·박정신·우정재·곽영남·서정주·이봉우·최경, 『석조문화재의 지의류』, 국립수목원, 2021

의정부과학교사모임, 『과학선생님도 궁금한 101가지 과학질문사전』, 북멘토, 2017

이근열, 「부산 방언의 어원 연구(1)」, 우리말학회, 2013

이승호, 「구름, 하늘을 읽는 기호」, 자연과생태 69호, 2013

이우신·구태회·박진영 지음, 타니구찌 타카시 그림, 『한국의 새_야외원색도감』, LG상록재단, 2000

이주희, 『내 이름은 왜?』, 자연과생태, 2011

장승욱, 『도사리와 말모이, 우리말의 모든 것』, 하늘연못, 2010

장승욱, 『재미나는 우리말 도사리』, 하늘연못, 2004

정광수, 『한국의 잠자리 생태도감』, 일공육사, 2007

조항범, 「잘못 알고 있는 어원 몇 가지(1)」, 새국어생활 제15권 제1호, 2005

채희영·박종길·최창용·빙기창 지음, 와타나베 야스오 그림, 『한국의 맹금류』, 국립공원관리공단, 2009

최순규, 『화살표 새 도감』, 자연과생태, 2016

최원형, 『착한 소비는 없다』, 자연과생태, 2020

한정호·박찬서·안제원·안광국·백운기, 『민물고기 필드 가이드』, 자연과생태, 2015

한정호·정현호·홍영표·박찬서·안제원·백운기, 『바닷물고기_남해편』, 자연과생태, 2016

허운홍, 『나방 애벌레 도감』, 자연과생태, 2012

blog.naver.com/nnibr_re_kr/222141580480

kin.naver.com/qna/detail.naver?d1id=11&dirId=11080102&docId=2535
49515&qb=7Ja07Iqk66Cd7J2064KY67Cp&enc=utf8&section=kin.
ext&rank=1&search_sort=0&spq=0

news.joins.com/article/2877560

news.naver.com/main/read.naver?mode=LSD&mid=sec&sid1=105&oid=016
&aid=0001920626

newsteacher.chosun.com/site/data/html_dir/2015/09/03/2015090300243.
html

newsteacher.chosun.com/site/data/html_dir/2015/10/27/2015102700382.
html

terms.naver.com/entry.naver?docId=2427643&cid=51403&category
Id=51403

terms.naver.com/entry.naver?docId=3596876&cid=58945&category
Id=58974

terms.naver.com/entry.naver?docId=5569371&cid=42555&category
Id=58531

www.astronomer.rocks/news/articleView.html?idxno=86563

www.hani.co.kr/arti/animalpeople/wild_animal/973811.html

www.jjan.kr/news/articleView.html?idxno=2024788

www.koya-culture.com/news/article.html?no=98936

www.lgsl.kr/cur/HODA2011100010

www.ohmynews.com/NWS_Web/View/at_pg.aspx?CNTN_CD=A0000260672

yeondufarm.blogspot.com/2019/09/

## ㄱ

가랑눈 154
가랑비 154, 174
가루눈 155
가루비 174
가밥도둑 100
가사리 107
가수알바람 203
가시랭이 016
가운데톨 019
가위좀 146
가을고치 087
가장귀 071
가장이 071
가탈걸음 078
가톨 019
가풀막 226
간자미 106
갈고리달 177
갈꽃 063
갈대 063
갈마바람 203
갈범 081
갈이흙 164
갈잎나무 052
갈품 063
감또개 020
감똑 021
감탕 227
감풀 227
강다리 067
강쇠바람 215

갓옷 138
개미귀신 147
개밥바라기 196
개밥통 100
개부심 156
개비 067
개어귀 201
개여울 200
개천 199
개호주 080
개흙 165
갬상추 024
갯논 165
갯돌 195
거리 067
거스러미 017
거지주머니 026
거치렁이 017
건들마 170
건들바람 205
검둥개 123
검둥이 123
검불 039
검은데기 041
겨울눈 033
겨울잠 128
겹눈 082
곁눈 033
고논 164
고도리 106
고래실 164
고래실논 164
고요 205

고자리 147
고주박 059
고지 125
고추감 049
고추바람 215
고추뿔 137
고추짱아 084
고치 086
고치가림 087
고치장마 175
고팽이 230
골감 049
골채 164
공다리 062
공바기 062
관솔 059
구렁논 165
구렁배미 165
구레논 164
구름 158
구름바다 187
구름발 187
구름밭 185
구릅 149
굴퉁이 027
굼벵이 090
궂은비 175
귀깃 093
귀다래기 141
그늘나무 047
그루 067
그루갈이 041
그루조 041

긍이 037
길쓸별 197
길치 141
깃 092
깊드리 164
까끄라기 017
까라기벼 017
까락 017
까막별 197
까치밥 049
까투리 095
깍정이 019
꺼벙이 094
껄떼기 106
께병이 095
꼬리별 197
꼬투리 031
꽁지깃 103
꽁지별 197
꽃가루받이 030
꽃구름 186
꽃눈 033
꽃다지 028
꽃달임 162
꽃맺이 028
꽃바람 169
꽃받침 057
꽃보라 028
꽃비 028
꽃샘 224
꽃샘바람 214
꽃샘잎샘 225
꽃샘추위 225
꽃자리 028
꽃턱 075

꽃파랑이 029
꿀샘 030
꿀샘주머니 030
꿀주머니 030
끙게 069
끝눈 033

**ㄴ**

나락 164
나락밭 164
나릅 149
나비 127
난추니 134
날비 174
날빛 211
날사리 125
남새 024
남실바람 205
납작감 049
낭길 231
낟눈 083
내 199
너겁 221
너덜 226
너덜겅 226
너덜밭 226
넌출 038
넝쿨 038
노가리 106
노굿 031
노대바람 206
노래기 106
노랭이 147

논두름망아지 100
논배미 166
논틀밭틀 168
높새바람 214
높하늬바람 203
누렁개 123
누렁이 123
누리 155
눈 032
눈석임 172
눈썹달 176
는개 174
능소니 096
늦깎이 034
늦달 176
늦벼 073
늦하늬바람 203

**ㄷ**

다말 069
다습 149
단물고기 098
달구비 175
달기둥 176
달넘이 179
달돋이 179
달마중 180
달맞이 182
달별 197
달안개 177
달집 183
닭똥집 105
담불 149

| | | |
|---|---|---|
| 당산나무 | 047 | |
| 대갈장군 | 107 | |
| 대우 | 036 | |
| 대접감 | 049 | |
| 댑바람 | 215 | |
| 댕기깃 | 092 | |
| 덕석밤 | 019 | |
| 덜도래 | 100 | |
| 덤불 | 039 | |
| 덩굴 | 038 | |
| 덴바람 | 203 | |
| 도가머리 | 092 | |
| 도끼별 | 191 | |
| 도둑비 | 175 | |
| 도랑 | 199 | |
| 도랑창 | 199 | |
| 도래솔 | 058 | |
| 도로랑이 | 100 | |
| 도로래 | 100 | |
| 도롱고리 | 041 | |
| 도루래 | 100 | |
| 도사리 | 042 | |
| 도지 | 215 | |
| 도톨밤 | 019 | |
| 돌개울 | 200 | |
| 돌너덜 | 226 | |
| 돌배 | 055 | |
| 돌옷 | 044 | |
| 돌이끼 | 044 | |
| 동구나무 | 047 | |
| 동부노굿 | 031 | |
| 동부레기 | 141 | |
| 동살 | 211 | |
| 동이 | 062 | |
| 된마파람 | 203 | |

| | | |
|---|---|---|
| 된바람 | 206 | |
| 된비알 | 226 | |
| 된비탈 | 226 | |
| 된새바람 | 203 | |
| 된하늬 | 203 | |
| 두루마리구름 | 161 | |
| 두벌논 | 165 | |
| 두샛바람 | 203 | |
| 두습 | 149 | |
| 두톨박이 | 019 | |
| 둥구나무 | 046 | |
| 둥주리감 | 049 | |
| 뒤울이 | 203 | |
| 뒷도랑 | 200 | |
| 등거리꾼 | 191 | |
| 등판길 | 231 | |
| 땅강아지 | 100 | |
| 땅자리 | 050 | |
| 땔나무 | 064 | |
| 떠돌이별 | 196 | |
| 떡마래미 | 107 | |
| 떡비 | 229 | |
| 떨기 | 067 | |
| 떨켜 | 052 | |
| 똘기 | 043 | |
| 뙈기 | 184 | |
| 뙈기밭 | 184 | |

**ㅁ**

| | | |
|---|---|---|
| 마래미 | 107 | |
| 마칼바람 | 203 | |
| 마파람 | 203 | |
| 말림 | 191 | |

| | | |
|---|---|---|
| 말림갓 | 191 | |
| 매지구름 | 186 | |
| 매찌 | 102 | |
| 머드러기 | 185 | |
| 먹감 | 049 | |
| 먹새 | 227 | |
| 먹장구름 | 186 | |
| 먼지잼 | 188 | |
| 멀떠구니 | 104 | |
| 메조 | 041 | |
| 멧갓 | 190 | |
| 멧기슭 | 226 | |
| 며루 | 147 | |
| 명갈이 | 069 | |
| 명개 | 157 | |
| 명지바람 | 214 | |
| 모래주머니 | 104 | |
| 모롱이 | 107, 192 | |
| 모새 | 227 | |
| 모오리돌 | 194 | |
| 모이 | 106 | |
| 모이주머니 | 104 | |
| 모쟁이 | 107 | |
| 목매기 | 141 | |
| 목비 | 175 | |
| 목새 | 227 | |
| 목섬 | 227 | |
| 몬다위 | 108 | |
| 못비 | 175 | |
| 몽근벼 | 017 | |
| 몽당솔 | 058 | |
| 몽돌 | 195 | |
| 무녀리 | 110 | |
| 무논 | 164 | |
| 무리고치 | 087 | |

| | | | | | |
|---|---|---|---|---|---|
| 무리구름 | 160 | 배꼽쟁이외 | 057 | 비늘구름 | 160 |
| 무송아지 | 100 | 배래 | 208 | 비설거지 | 189 |
| 무저울 | 196 | 배미 | 166 | 비웃알 | 125 |
| 묵사리 | 125 | 배어루러기 | 114 | 비탈 | 226 |
| 묵이배 | 055 | 버버지 | 100 | 뽀주리감 | 049 |
| 물감 | 049 | 벌논 | 165 | 뿌장귀 | 071 |
| 물개아지 | 100 | 벌레퉁이 | 061 | | |
| 물거리 | 064 | 벌치 | 061 | | |
| 물곬 | 198 | 범 | 081 | ㅅ | |
| 물도랑 | 199 | 벵아리 | 107 | | |
| 물돌 | 195, 199 | 벼까라기 | 017 | 사득다리 | 071 |
| 물든고치 | 087 | 별뉘 | 210 | 사릅 | 149 |
| 물마 | 189 | 보굿 | 058 | 사릅잡이 | 149 |
| 물마루 | 209 | 보늬 | 019 | 사삼버무레 | 041 |
| 물비늘 | 223 | 보드기 | 060 | 삭정이 | 061 |
| 뭉게구름 | 159 | 보득솔 | 058 | 산가시 | 081 |
| 뭉우리돌 | 195 | 보름달 | 176 | 산군 | 080 |
| 미나리꽝 | 165 | 보슬비 | 174 | 산기슭 | 226 |
| 밑턱구름 | 161 | 보습 | 189 | 산들바람 | 205 |
| | | 보지락 | 189 | 산비탈 | 226 |
| | | 봄고치 | 087 | 산지니 | 134 |
| | | 봄달 | 177 | 살모치 | 107 |
| ㅂ | | 봄동 | 062 | 살바람 | 214 |
| | | 부등깃 | 092 | 살별 | 197 |
| 바람꽃 | 215 | 부레 | 116 | 살찌니 | 126 |
| 바람눈 | 202 | 부루기 | 141 | 살피 | 212 |
| 바람살 | 204 | 부룩송아지 | 141 | 살피꽃밭 | 212 |
| 바람칼 | 093 | 부룻동 | 025 | 살흙 | 227 |
| 바위옷 | 044 | 부사리 | 141 | 상고대 | 155 |
| 반달 | 176 | 부슬비 | 174 | 상괭이 | 118 |
| 발강이 | 107 | 부영이 | 115 | 새나무 | 065 |
| 발매 | 190 | 불나무 | 064 | 새앙뿔 | 137 |
| 발비 | 174 | 붓자리 | 125 | 새코찌리 | 041 |
| 밤눈 | 112 | 붙박이별 | 196 | 새턱구름 | 160 |
| 밭뙈기 | 184 | 비거스렁이 | 189 | 새품 | 063 |
| 배꼽 | 056 | | | | |

| | | | | | |
|---|---|---|---|---|---|
| 색바람 | 170 | 숲정이 | 216 | 안돌잇길 | 230 |
| 색시비 | 174 | 쉬 | 125 | 알감 | 049 |
| 샘논 | 165 | 슬치 | 124 | 알새 | 054 |
| 샛마파람 | 203 | 시궁 | 199 | 알치 | 124 |
| 샛바람 | 203 | 시내 | 199 | 암탈개비 | 146 |
| 샛별 | 196 | 시루논 | 164 | 앞개울 | 200 |
| 서덜 | 120 | 시마 | 203 | 앞바람 | 203 |
| 서릿바람 | 215 | 시새 | 227 | 애가지 | 071 |
| 서캐 | 125 | 시위 | 189 | 애벌논 | 165 |
| 섞인눈 | 033 | 시치미 | 103 | 애솔 | 058 |
| 섶 | 064 | 실개울 | 199 | 양떼구름 | 160 |
| 세벌논 | 165 | 실개천 | 201 | 어둠별 | 196 |
| 세습 | 149 | 실도랑 | 199 | 어레미논 | 165 |
| 세톨박이 | 019 | 실바람 | 205 | 어스러기 | 141 |
| 센개 | 122 | 실비 | 174 | 어스럭송아지 | 141 |
| 센둥이 | 123 | 싸라기 | 174 | 어스렁이고치 | 087 |
| 센바람 | 206 | 싸라기눈 | 155 | 억새 | 063 |
| 소소리바람 | 214 | 싸락비 | 174 | 억수 | 175 |
| 속밤 | 019 | 싹쓸바람 | 207 | 얼갈이 | 062 |
| 솔가리 | 059 | 쌀고치 | 086 | 얼루기 | 115 |
| 솔바람 | 059, 215 | 쎈비구름 | 159 | 얼룩덜룩 | 115 |
| 솔버덩 | 059 | 씨굿 | 068 | 얼룩얼룩 | 115 |
| 솔보굿 | 058 | 씨도리 | 069 | 엇논 | 165 |
| 솔포기 | 058 | 씨방 | 075 | 엇부루기 | 141 |
| 솜고치 | 086 | 씨오쟁이 | 068 | 에움길 | 231 |
| 솜깃 | 092 | | | 여듭 | 149 |
| 송낙뿔 | 137 | | | 여름잠 | 128 |
| 송아리 | 066 | | | 여습 | 149 |
| 송이 | 066 | **ㅇ** | | 여우별 | 218 |
| 송치 | 141 | | | 여우비 | 218 |
| 쇠뿔하늘가재 | 151 | 아름드리나무 | 046 | 여울 | 200 |
| 수렁논 | 165 | 아습 | 149 | 여울꼬리 | 201 |
| 수할치 | 103 | 아옹개비 | 126 | 여울머리 | 201 |
| 숫눈 | 155 | 아퀴쟁이 | 070 | 여울목 | 200 |
| 숭어리 | 066 | 안개구름 | 161 | 열구름 | 187 |
| | | 안개비 | 174 | | |

| | |
|---|---|
| 열릅 | 149 |
| 열쭝이 | 130 |
| 오려논 | 165 |
| 온달 | 183 |
| 올고구마 | 073 |
| 올깎이 | 035 |
| 올밤 | 073 |
| 올배 | 073 |
| 올벼 | 072 |
| 올복숭아 | 073 |
| 올사과 | 073 |
| 올호박 | 073 |
| 옹당이 | 220 |
| 옹두라지 | 074 |
| 옹두리 | 074 |
| 옹이 | 074 |
| 옹자물 | 200 |
| 왕바람 | 206 |
| 왕하늘가재 | 151 |
| 왜여모기 | 041 |
| 외꼬부랑이 | 061 |
| 외꼬지 | 041 |
| 외솔 | 058 |
| 외톨밤 | 019 |
| 용탕 | 220 |
| 우거뿔 | 137 |
| 우듬지 | 065 |
| 우죽 | 065 |
| 울숲 | 216 |
| 움 | 033 |
| 움씨 | 069 |
| 움파리 | 220 |
| 웃비 | 175 |
| 위초리 | 071 |
| 위턱구름 | 160 |

| | |
|---|---|
| 윤슬 | 222 |
| 옹어리 | 075 |
| 이롭 | 149 |
| 이른씨 | 069 |
| 이슬비 | 174 |
| 이습 | 149 |
| 익더귀 | 134 |
| 잎나무 | 064 |
| 잎노랑이 | 029 |
| 잎눈 | 033 |
| 잎샘 | 224 |
| 잎샘추위 | 225 |
| 잎파랑이 | 029 |

## ㅈ

| | |
|---|---|
| 자갈수멍 | 199 |
| 자구넘이 | 036 |
| 자드락 | 226 |
| 자드락길 | 226 |
| 자드락밭 | 226 |
| 자드락비 | 175 |
| 자빡뿔 | 137 |
| 작달비 | 175 |
| 작박구리 | 136 |
| 작벼리 | 227 |
| 잔비 | 174 |
| 잔솔 | 058 |
| 잘 | 138 |
| 잠비 | 228 |
| 장끼 | 095 |
| 장다리 | 062 |
| 장대비 | 175 |
| 재넘이 | 215 |

| | |
|---|---|
| 재지니 | 134 |
| 저뀌 | 107 |
| 정자나무 | 047 |
| 정치 | 124 |
| 조각구름 | 159 |
| 조대우 | 036 |
| 졸가리 | 071 |
| 좁쌀 | 041 |
| 주룩비 | 175 |
| 주리끼 | 095 |
| 줄거리 | 071 |
| 쥐악상추 | 025 |
| 지돌잇길 | 230 |
| 지레목 | 193 |
| 지방 | 200 |
| 진논 | 164 |
| 진눈깨비 | 155 |
| 짜개 | 031 |
| 짠물 | 099 |
| 짠물고기 | 099 |
| 짱아 | 084 |
| 쭈그렁박 | 026 |
| 쭈그렁밤 | 019 |
| 쭈그렁사과 | 026 |
| 쭈그렁이 | 026 |
| 쭉정밤 | 019 |
| 찌 | 105 |
| 찌러기 | 140 |

## ㅊ

| | |
|---|---|
| 차조 | 041 |
| 찬바람머리 | 215 |
| 찰감 | 049 |

채찍비 175
철벌레 142
청둥호박 027
초고리 103
초눈 147
초리 054
치레기고치 087
치렛깃 093
칡범 081
칭퉁이 144

ㅋ

칼깃 093
코쇠 226
콩꼬투리 031
콩노굿 031
콩대우 036
콩망아지 146
콩짜개 031
큰바람 206
큰센바람 206
큰턱 151

ㅌ

터알 185
텃논 165
토로래 100
톨 067
톳나무 047
통 067

ㅍ

판쇠 226
팥꼬투리 031
팥노굿 031
팥대우 036
팥망아지 146
팽팽이 107
포기 067
푸새 024
푸성귀 024
풀등 227
풀솜 086
풀쐐기 147
풀치 106
풋감 049
풋나무 064
풋장 065

ㅎ

하늘가재 150
하늘바라기 165
하늘밥도둑 100
하늬바람 203
하릅 148
하릅강아지 149
하릅망아지 149
하릅비둘기 149
하릅송아지 149
학배기 147
함박눈 155
해넘이 179
해돋이 179

햇귀 211
햇덧 211
햇무리구름 160
햇벼 073
호미글게 069
홀태 124
홍다리하늘가재 151
홑눈 083
홑숲 217
홰뿔 137
회돌이목 193
회목 193
회오리밤 019
휘추리 071
흔들바람 205
흰둥이 123